Le Monde des Plantes
1
2
Flle des Graminées
1. CANNE A SUCRE
Flle des Passiflorées
2. PASSIFLORE
Edition de la CHOCOLATERIE D'AIGUEBELLE (Drôme)

前言

我常常被问到“你在国外最大的收获是什么”。面对如此复杂的问题，我总是吞吞吐吐，含糊其词，无法迅速清晰地给出答复。

我很少去地标性旅游名胜，也不常去逛艺术博物馆。艺术博物馆里面都是最高浓度的“酒精”，没有足够的酒量和胆量不要去。很多去西方访问和考察的艺术家都喜欢去博物馆，其实这是一种冒险，因为它对你的艺术成长没有丝毫帮助，反而是一种压迫，一种精神与勇气的巨大打击。我每次面对那些历史巨人，都会感到自己被碾碎。这可能是艺术家与史学家的区别。真实的艺术是朗姆酒，让生活甜蜜而微醉。艺术也是“尖身的咖啡”（波旁咖啡的极品，俗称“咖啡尖身”，是世界最顶尖的咖啡），千杯入口，不会通宵难眠。不做史学家的我，不会读完万卷之书。做一个感性的艺术生活家，开怀欢心地走万里路，是我的志向。虽然我成长在一个充满历史、文化与科学气息的家庭，但我从小讨厌校园，厌烦课堂，爱恋窗外风景。我的中学老师曾评价我为“经常逃课的好学生”。我现在是有名的不上课教师。逃课，或许是世界各地伟大艺术家最普遍的成长经历（为什么这不是一个学术课题）。中国有一句名言：读万卷书，行万里路。古人早已给我们指出了两条道：饱读万卷，可以做官；行走万里，过自己的人生。我是后者。

长期以来我喜欢在不相关联的事物中寻找链接，喜好从远距离、异域的文化中解读它们与自身的关系，了解自己不了解的文化，加深对中国艺术的认识。陌生的行走使我获得惊喜，当许多看似不相关的链接被联系起来后，反而使我感到文明和文化的鸿沟其实是那么深重。东西文化的差别需要我们感受才能逐渐理解它的断层。我在鲜活的跨度中获得了书本以外的、远离俗套的知识，也在自身的艺术生态链中形成了波旁岛上那种克里奥尔式的关联：“行为摄影”“影像水墨”“水墨戏剧”“戏剧生活”“生活书法”“书法主义”“主义绘画”“绘画文字”。我的艺术里包含了西方、北方和南方的很多因素，但是东方永远是我的“马达加斯加服务”。

2012年3月，我到了泰国宋卡，9月到了中国香港，接着到了吉隆坡，11月米兰，12月德国，最后到了法国位于非洲的外省——历史上的波旁岛。从亚洲到欧洲，再到非洲，一个巨大的文化跨度。这种克里奥尔式的艺术生活，我一直用时间在融化。

12月的中旬，应法属留尼汪大省文化局、圣皮埃尔市和法国艺术家联盟的邀请，我来到了南印度洋的波旁岛，即留尼汪岛，作为海外艺术家驻地项目的受邀者，在岛上生活、访问和交流。

我愿意沿用“波旁岛”而非“留尼汪”，缘于它是欧洲与非洲、亚洲文化交融的地域，包含了更久远的克里奥尔历史、社会、文化、艺术的形成。今天的波旁岛是印度洋上一颗灿烂的明珠，是世界上最美的岛上花园。

落地该岛，认识这里的过去与现在，用日记停顿时间，追回记忆，阅读文明的链接和差异。

记忆是人的灵魂，美好的记忆是灵魂的良品。

《洛齐日记》既不是旅游导读，也不是史论笔记，它记录的是一个艺术生活家在行走途中的真实生活。

关于波旁岛

波旁，法国历史上的王朝。

波旁，南印度洋上法属岛。

波旁，威士忌名酒。

波旁，著名的尖身咖啡。

波旁，南印度洋的月季。

波旁，克里奥尔文化的象征。

16 世纪初，葡萄牙航海家佩德罗·马斯克林和迪奥古·罗德里格斯先后登上印度洋马斯克林群岛，即马达加斯加以东的罗德里格斯岛、波旁岛和毛里求斯岛。

1643 年，法国人占领了马斯克林群岛最南端的一个大岛。为了庆贺波旁王朝又得到一块肥沃的土地，殖民者将其命名为波旁岛。占领该岛后，法国移民和殖民者将东非、马达加斯加、印巴奴隶贩卖到岛上定居。该岛作为往来于印度洋的法国航舰停靠站，受制于法属东印度公司。1767 年，法兰西国王赎买了该岛，并建立了各种行政、司法机构。大批移民和奴隶来该岛种植咖啡与甘蔗。

波旁王朝，16 世纪中曾陆续统治过纳瓦拉、法国、西班牙、那不勒斯与西西里、卢森堡及部分意大利公国，是 16 世纪巨大的跨国王朝，也是西方历史上以极端保守主义著称的王朝。路易十六本人在法国大革命中被送上断头台，标志着波旁王朝的结束。

法国大革命期间，波旁岛改名为留尼汪，此名一直沿用到今天。“留尼汪”即法语“联合”的意思，象征革命力量的联合与胜利。拿破仑帝国崩溃后，波旁岛一度为英国人所占领，1815 年交还法国。该岛现为法国海外行政大区，法属留尼汪省。

1819 年前后，波旁岛殖民时代的影像

1819 年前后，波旁岛殖民时代的影像

Terminal 2A 2B
Embarquement
Boarding
2E
2F

ROLEX
AIRFRANCE
Alitalia
Terminal
2F
BOUCHERON
2F

巴黎戴高乐国际机场

12 月 12 日

也许是喝浓了咖啡，也许是今天要转太多的地方，一直到凌晨三点我才入睡。

七点离开酒店，天还是黑黑的，女儿和房东把我送到斯维福特火车站，到维尔斯堡再转乘到法兰克福。从这一刻开始，“换乘”二字就开始让我感到焦虑。

斯维福特早晨的气温为零下 4 摄氏度，而我的目的地是 40 摄氏度的东部非洲南印度洋岛。从 11 月中旬马来西亚槟城的展览开始，到米兰，再到德国巴伐利亚地区，现在赶往南印度洋岛，历时六十天。从亚洲到欧洲再到非洲，经两大洋三大洲，我绕行地球三分之二。从大雪纷飞的西欧阿尔卑斯地区，到烈日当头的西南印度洋岛国，让我有点亢奋。行李从米兰的三箱，到法兰克福的两箱，现在是一箱。

七点四十五分，我到达维尔斯堡，从 11 号站台换到 6 号站台，九点半到达法兰克福机场 1 号航站楼，再转到 2 号航站楼。办理完行李托运，对方说到了巴黎最好再询问地勤，从毛里求斯到目的地乘坐的飞机就不是法航了。

下午三点半到了巴黎。戴高乐机场也分 1A、2A 两个航站，A、B、C、D、E、F 六个通道。从 1A2F 转到 2A，我上楼乘坐 NO.1 巴士，上车看见屏幕显示巴士循环的 A、B、C、D、E、F 路线图，标记的环形站名非常清楚。下车确认了 4 号登机口，我又乘坐巴士返回 1 号楼找咖啡吧休息，并把刚才往返的路线用相机拍摄下来。到时候我把这些照片发给女儿，两周后她也要飞这趟航线。

我提前一个半小时返回，办理新的登机牌，情况似乎有些不同。工作人员开始检查护照，检查往返的机票。拿到机票后，我往 A41 方向行进。身着绿、黑、白纱衣的黑人空姐按本地护照和外国护照把我们分为两个队伍，检查随身行李后，在护照上又盖了章，把我们带入另外一个候机厅，这大概是正式出关了。

晚上十点登机，预计到达毛里求斯是明天上午十一点，再转乘到留尼汪岛（波旁岛）。

明天开始，我将在非洲的法国度过二十四天的驻岛生活。

右：出发前在德国巴伐利亚州斯维福特市

ERNST SACHS
BAD
KUNSTHALLE
T90

1914-1918
LA REUNION
A SES ENFANTS
HEROS DE LA GRANDE GUERRE
Grand Marché

12 月 13 日

中午十二点，我终于到了留尼汪罗兰·加洛斯机场。16 世纪时，这里被称为波旁岛。从欧洲到非洲，从梅茵河畔到西南印度洋的小岛上，历时一天多。

小雨，但天还是很亮。机场停机坪上只有三架飞机，一架准备起飞，另一架和我们同期到达。机场很小，挤满了等待拿行李的人。不久，行李输送带上面什么东西都没有了，人也走完了，我的行李还是没有出现。我走近转盘的输出口，盯着慢慢悠悠空转的皮带，像初恋时等待见到情人那样，期待奇迹出现。没有，还是没有，无须再等待，“悲剧已经发生，谁也没有来”。无须等待戈多。

向出口走去，原以为还有出关检查，没有，走出几步路就看见查理和米卡迎过来。首先我向他们报告没有见到行李，翻译陪我到机场办公室（应该是专门处理行李丢失的）。我描述了航班的信息和行李的颜色形状，填了表签上字。工作人员打开柜子拿出一个很小的包，说：“很抱歉，你的行李应该没有问题，明天会有消息。”他们随手把那个小包递给我，说：“这是给你临时应急的东西。”看着一块毛巾和一把剃须刀，我无奈并且疲劳地、反应缓慢地抱着这件不是我行李的“行李”离

开机场。

之前在法兰克福机场办理行李托运的时候，我专门询问了行李问题，他们说不需要在巴黎重新办理，会将行李直接运到目的地。我的机票后面还专门注明了 UU977 行李票的号码。到了巴黎机场办理登机票的时候，我又问了工作人员，得到了相同的回答。

查理、米卡、翻译和我，沿着海岸西线南下。海面一望无际，看不见岛屿和船，沿路的车和人都很少，我感觉有点恍惚，意识已经到了另外一个世界。途经一家小餐馆，我们进屋喝了咖啡，吃了点心。我东张西望，周围的一切都是陌生的、新奇的。

途经圣但尼的路上，我看见路边集市，便请查理停车，想去看看。通过飞机小屏幕播放的视频，我已经知道这里盛产水果，

尤其是荔枝。果然，大棚里到处是瓜果，我很兴奋，狂买，葡萄、荔枝、西瓜、柚子，还有像甜瓜一样的东西，是查理建议我买的。

到了南部一个不知名的城市，我们去了亚洲超市。12 月，岛上是夏季，阳光铺天盖地。我已经出了一身汗，买了 T 恤和几样日用品。没有了行李，生活要从零开始。查理说我住的地方可以自己做饭，平时他会来帮忙，所以我又添置了橄榄油、生抽、锅盆、米、蔬菜、鸡蛋等。

查理的工作室很特别，一排平层，外侧沿马路，内侧靠海，位于城市的中心地段。打头第一间卖酒、烟草和香料，查理画室在中间。隔壁是一位加工首饰的艺术家。

我们到了附近的小院子，搬出一张圆桌，点了海鲜和度度啤酒，对面的景色是夕阳西下，已经是晚上十点多了。

到了入住的山坡，翻译说是最南边了。坡地上有花园和游泳池，但四周没有人，也没有路灯和商店，设施简单，我有点担心安全。今天先睡下，明天再说。

O'ptits mômes
Dépôt - vente
SWAMEE
LOU PIZZA
SWAMEE
PRET A PORTER CREATEUR STYLISTE
PENSION
ti'som
BACK-PACKERS
15 €
Tél : 0262 34 95 89 / Gsm : 0692 24 18 12
O'ptits mômes
Dépôt - vente

ROUGE
CAFÉ THÉATRE
VIN
ST-DENIS
LLES
ST-LEU
ST-PIERRE
BOURBON
LA BIÈRE RÉUNIONNAISE
62 33 55 36
DÉGUSTATION & À EMPORTER
ON
OM
KERS
u fond de l'allée)
Chambres et dort
Tél. : 02 62 3 95 89
15 €
TTC la nuit
GSM : 06 92 24 18 12
0262 33 55 36
LE NEZ ROUGE

Atelier
d'Artiste
C.lesquelin
Tel: 0692 60.16.55
L'Echo du

12月14日

今天更换住地。

南印度洋上只有寥寥几个国家，最小的是塞舌尔，偏北，没有去过，其次是毛里求斯，朝西，靠近马达加斯加，2009年去过。

到了西部海边，我与查理和他的儿子、雕塑家米卡、电视台的编导罗郎和他的美女助手一起吃早餐，话题围绕着7月杭州、西塘、新疆的亚非展展开。罗郎原计划来杭州拍摄我们的活动，结果被拒签了，他很无奈。

我们一行前往圣皮埃尔，沿途去看了海滩，路过一个广东梅县华裔的宗祠。他们问我中午吃什么，我说“中国制造”。

市中心没有旅馆，酒店都在海滨的度假区。考虑到日后行动方便，罗郎建议我住在西部。看了三家酒店，第一家全岛最好，总统经常下榻在那里，是波旁王朝留下的克里奥尔庄园，价格非常高，每天约三百欧元，周末要调价，圣诞那几天还没有房间。我纠结了一会儿，决定帮他们基金会省点钱吧。另外两家都可以，一家小的只能住到圣诞前，另一家可以从圣诞一直住到离开，还给了优惠。这里的酒店都是为外岛的有钱人准备的，为换酒店，我们折腾了一个下午，和上次在毛里求斯一样周折。最后，我

决定暂住在邻近圣勒市的圣吉尔市郊一个非常漂亮的老酒店里。

确定好酒店，我们返回了圣皮埃尔市，它是西南部最大、人口最集中的地区。到了查理的工作室，虽然整个屋里从地面到墙上四周都是查理的画，但是我第一眼看见的却是一个赭红色的大箱子。“啊！啊！我的行李箱！”我狂叫起来，喜出望外，它亭亭玉立地竖在画室的正中间。查理说航空公司刚刚送来。我以为再也见不到它了，原来行李只是误机，没有大碍，失而复得的感觉太好了。

回到圣吉尔，酒店已经安排好我的房间，开门直接面对一望无际的海，实在是太太太漂亮，美翻了。这里才是真正的天涯海边，前方已经没有任何障碍物，是南极了。

美丽的酒店不能上网，非常满意暂时的与世隔绝。

HOTEL
EAVIEW

12 月 15 日

天很早就亮了，打开门，周围笼罩着蔚蓝的色调，天空和海水的颜色几乎一模一样，像一张平铺的蓝纸，空阔极了。没有船，没有岛屿，没有云彩，蓝天和海占据了我四分之三的视野，周围是热带植物。微风下，一片宁静。

一对欧洲老年夫妇和我一起在花园里享用早餐，食物有鲜朗姆水果汁、波旁咖啡和法式面包。

罗郎来酒店接我，大概开车十几分钟，到了圣勒市中心。圣勒是世界三大冲浪胜地之一。

今天周末，罗郎安排我在圣勒逛集市。集市在海边的林荫道上，商品有蔬菜、水果、鲜花、酒、各种果酱、香料、小吃、工艺品、画布、生活用品等。产品全部来自岛上居民的作坊，因为整座岛上没有工业，只有一家朗姆酒厂和一个啤酒公司，靠太阳能发电，这里是法国乃至欧洲的环保示范地区。远远看去，鲜艳的红黄色帐篷夹在蓝天与翠绿的热带植物中间。这一景象就像印象派画家修拉的画，每个角落、每一处都是高明度、高纯度的色块。

罗郎家在市中心的里街，一个独立的小院，两层排屋，布

西部度假酒店

满花草，一条小狗在看门。

在集市转了两个来回后，我们到海边散步，看老人垂钓、年轻人出海潜水。泊在岸边的小游艇，平和、平常、平静。这里没有地中海沿岸的富贵，没有豪华奢侈的场景，也不是南亚半岛那种褪了色的18世纪怀旧水彩画的感觉。这里的景物、色调、空气、建筑、街道和集市，全部的全部，都让你感到亲切、温和、阳光、健康。

这里比巴黎美太多。

圣勒老城在1800年曾发生过奴隶暴动，殖民时期的残酷在今天没法想象。我要抽时间去看历史博物馆，那里有很多历史照片，见证了未曾见过的奴隶时代。

中午我们赶到沙比特市一家中餐馆吃饭，老板娘是华裔，

雕塑家理查德一家

理查德作品

但不会说中文。

米卡陪同我到尚德罗市，我们先去了理查德工作室，那里也是他的家。家像美术馆，陈列了很多岛上其他画家的作品。

附近有个工艺市场，也许是刚离开理查德工作室的原因，我没有发现可爱的东西。路过一所设计学校，一座老建筑。刚进去，忽然听到一阵敲鼓声，我和米卡朝鼓声传来的地方狂奔而去，原来是印度人的祭祀活动。这边刚结束，我们又看到黑人结婚的队伍，便又赶往市政厅方向。婚礼阵容强大，有很多可爱的孩子，他们欢迎我加入其中，参与庆典。市政厅内，女市长主持婚礼，今天还有一对法国新人喜结良缘。我和市长开玩笑说："下次结婚一定来这里，请您主持。"

回到查理工作室，罗郎向我介绍罗德里格斯岛的情况。刚才路边看见脸上抹满泥巴的妇女，就是来自罗德里格斯的玛瑶特人。罗郎去过该岛拍摄专题，我问，能再去一次吗？他说没有充分准备，到了那里会很麻烦，我说，把查理的颜料全部抹上脸，他们会欢迎我的。

傍晚又去了艾米丽家。7月在新疆，她开心得泪流满面。她说中国太美了，人们太友好了。是的，她一路不花一分钱，可以大吃大喝大玩，换作任何人都会感动，这种机会只有在中国有。离开艾米丽家，霞光映红了海滩，渔民坐在堤岸上喝酒，要求

新娘在父亲的
陪伴下走进市政厅

与我合影。

回酒店休息。

十点，罗郎夫妇接我去圣保罗度假酒店用餐，我们停留在延伸到海口的廊道上看夜色，各自玩着手上的相机，比较拍出的照片效果。虽然彼此的语言沟通不那么顺畅，但是丝毫不影响我们快乐的感受。

快乐的夜晚，快乐的一天。

回来已是凌晨，我把相机的图片转移到电脑上，8.5 个 G。

Douceur
HE: Ylang Ylang
Orange Carotte
Cire Abeille
HV: Palme Coco Olive
Amande
huiles
essentielles
6€
sauf ylangylang
vetyver
geranium
7€
Savon
Artisanal
Soap

ILE DE LA REUNION

3€

COUVERT

Reunion

12 月 16 日

搬到了新酒店，开门便是一段小径，两边矮树，右拐是露天餐厅，对着泳池和海，我边吃早餐边修改昨天的日记。

我随罗郎去他家取摄像设备。从他家门口的小路往前方望去，云雾缭绕在半山腰；转身向后，间隔一栋鲜花满屋的人家，直面的就是深蓝的海。

从西北盘山而上，往中部的玛法特山进发，沿路是整片整片灰白色的树林，像林海雪原，很神奇。丛林中有悠闲度假的人。

到了海拔 1200 米左右的山顶，我环顾四周，还没有来得及定神，查理和罗郎蒙住我的眼睛，米卡推我前行。走了一段坡路，他们忽然放开我。我有点晕，缓过神，放眼望去，眼前一片黑色的山谷，有阿凡达回旋在万丈深渊之感。山峰逆光反射，场面像波旁时代法国画家洛兰的名作《阿波罗和缪斯在帕纳塞斯山上》。

波旁岛，世界上最年轻的火山岛，我怎么看都像是最古老的岛。我是地道的江南人，在南方长大，看惯了西湖的亭台楼阁，身临旷野深渊、通透山谷，顿感自然的宏大与无限。熟稔细微披麻皴的笔墨家，到此一定找不到北，黄公望来也只能把画笔

背到身后，交给查理。

远处，海平面高于我们站立的山顶，几乎高出我的视平线。青花色的海与天由朵朵白云间隔，让我怀疑自己到底是不是站在山顶。

下山路上，细雨与骄阳交错，时现彩虹。我不断请求罗郎停车，眺望，人生中与这般风景邂逅，没有第二回。

回到圣但尼，我们找到一家香港饭店吃午饭，那里有正宗的糖醋里脊。

按照事先约定，拜访霍明祥先生。

小路两侧都是豪宅，41 号是霍先生的住所。开门把我们迎入前院的正是霍先生，他已经准备了藤椅和香茶。

霍先生是著名医生，中华总商会名誉主席。简单的交流就能感受到先生的谦恭、儒雅和亲切温和。他没有豪宅主人的霸气，

传递出来的是一股浓浓的书香遗韵。

查理说，霍先生知道我来岛上做驻地艺术家，就想邀请我住在他家里。知道我女儿圣诞来岛，他再次盛情邀请我们住在他家。

临别，霍先生说要安排一个特别的时间，请我们在他家聚餐。

与查理在玛法特山上接受罗郎的拍摄采访

ACCES HANDICAPES
VERS POINT DE VUE
TRAVAUX FINANCES PA
Réunion

AXA
ESPACE PUBLIC
SOUS
VIDEO SURVEILLANCE
Rue
de
PARIS
76 BQV 14

41

Chine
LE ROBERT
micro

DANS LE MONDE ENTIER
FLEUROP
Fédération Nationale des Cavistes Indépendants
CAVISTE
1914-1918

12 月 17 日

今天多云，不太热，非常舒服。我们在圣皮埃尔吃了早中餐，一路由西往南。

依我的经验，有教堂的地方都值得停留，那里是城市、小镇或村庄的心脏。往返圣菲利普弗尔乃斯火山的途中，我们走走停停，看了许许多多不同的教堂，还有公路旁超迷你的神龛。山洞、山坡的圣母，村镇的耶稣，各不相同，随处有福音有祈求。克里奥尔人不仅有自己的语言，也有独特的宗教方式。

查理已经习惯我随时发出的“stop”指令，有时他会主动问我要不要“stop”。画家对景物的敏感基本一致。

拐了无数的弯，看见浮云慢移，遍野甘蔗，黑岩白浪，渔村人家，平原绿地，林间屋檐，满园鲜花，片片绿荫，还有最常见也是最漂亮的凤凰树。凤凰树又称火焰树，花比火焰还要红，因为它在圣诞期间开花，人们又称其为圣诞树。相信很多人知道艳红的凤凰树，但是更多的人没有见过比蜡还要黄的黄凤凰和紫凤凰，它们实在太漂亮了。根本不能用“漂亮”“太美”这样没有个性的词去赞美凤凰树，因为它有显著的个性姿态。它在极地的土壤上绽放出浓烈的色彩，像一把巨大的扇子面对蓝天与大海打开，也像巨大的落地彩虹从一边划到另一边，

出现在临近圣诞的时间里。前天一对新婚夫妇及家人在凤凰树下的合影是我拍到的最美丽的场景。

靠近东南，天色渐渐暗淡下来，开始下大雨，地势也越来越低，路面越来越黑，景色越来越深重。到了坡地转角处，我们下了车，步行往前走。突然间，眼前的景象完全颠覆了我的想象，整个大地乌黑沉闷，地表冒着青烟，寸草不生。这就是山的肚子？这就是火山喷发后的岩浆？

鲜花、丛林、美屋的背后是荒漠、浓烟、焦炭？

足够让你快乐的东西也足够让你遭遇崩溃，最美的地方也是最黑暗的源头，最富有的人也是最贫穷的人，最平静安逸的背后潜藏着颠覆毁灭。16 世纪兴盛时期的波旁王朝，路易十六怎么都不会想到自己会上断头台。

地表浓烟滚滚，温度明显升高。以前在印尼看火山，只是远眺。现在踏入现场，身临其境，心跳加快。查理说此地不宜久留。

学生

东南地区火山

SANTA FILOMENA

ASSOCIATION

UTREMBLET

12 月 18 日

与留尼汪艺术基金的负责人见面，交流我在岛上的访问及生活情况。翻译阿莲娜才学汉语一年，问我汉语中“厉害”是什么意思，我说“厉害就是非常厉害的意思”。查理和负责人不知道为什么事情发生了争执。离开时，查理左手握成拳头，右手打左手，示意官员办事不给力，太慢，还官腔十足。我也举起拳头，用右手打左手，我们用欢笑打消一切不愉快的发生。

米卡家里有三辆车：门口新的白色大卡，上面堆了一些杂物，处于闲置状态；一辆旧的公交车，是两个儿子的家，车头洗漱间，厢尾卧室，中间堆放衣服；还有一辆废弃的小车，旁边堆放了米卡的雕塑作品。

4 月，他携带了几件作品来中国展览。一个球体悬置在空中，效果特别，没有人去琢磨作品的寓意，反正老外的作品都比较抽象。新疆展览结束，作品运回杭州，发现椭圆石球已经断成了对半。在感到遗憾的同时，大家惊喜地发现，原来球里面是一对紧紧相拥的恋人，被雕刻得稚拙且完美。米卡说，这件作品受到了中国传统雕刻套球的影响。他最近的作品都是关于这

些生命和爱情的套球。我向他建议，不要再把“恋人”套在球里，不然他们一定会飞出来找你算账的。

离开前，米卡的丈母娘过来和我们打招呼，邀请我们后天到她家吃饭。这里的很多礼仪和文化都融合了东方人的习俗。

今天访客日。

来到了尚德罗家，院里院外，有各种各样好看好玩的东西。墙上挂的不是主人的画，是岛上其他画家的作品。理查德家也是这样。岛上的艺术家相互欣赏、相互捧场、相互宣传，而我们是相互诋毁。

2008 年，在马来西亚法国文化中心，我们曾相聚，一起举办展览。尚德罗喜欢做一些与自己生活直接相关的作品，粘贴各种纸片。他拿出在日本五年生活中收集的各种字条、便笺、包装纸、信封、留言等零散的生活印迹，拼贴在一起，大小如

明信片，画上邮戳，就成了作品。我乘机拿出一张岛上的老明信片，请他画上邮戳。

尚德罗夫妇俩明天去美国度假，特意将聚餐安排在今天。他太太做的菜肴非常好吃，完全超越了中餐馆的水平。我们一边吃饭一边讨论岛上最早的中国移民，尚德罗拿来一本法国人写的《中国人在留尼汪岛》。他们关注中国移民的历史，因为有很多早期来到岛上的欧洲人与中国移民联姻。

尚德罗说，第一个来留尼汪岛的中国人，是马来西亚的华裔。真正的中国移民在 1840 年前后来到此地，他们来自广东梅县和顺德，第一拨七百余人，三年后只剩下一半都不到，有的因不适应去世，有的返回了中国。有关岛上华人的历史，据说在圣但尼的关公庙中有记载。

在画家尚德罗家聚餐

Diego
Mangue Letchi

MOI LIBRE

MOI LIBRE AUSSI

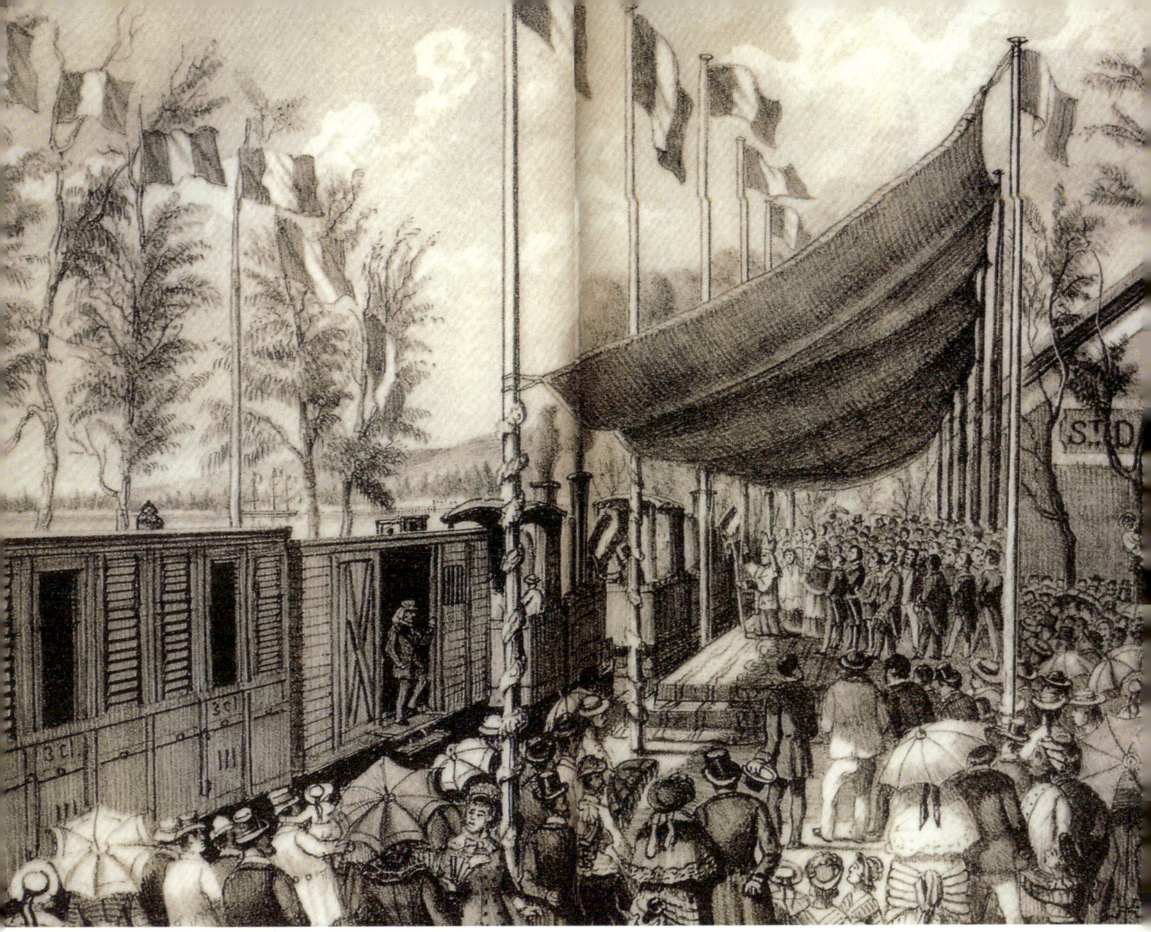

EXPOSITION ARTISANALE
OFFICIAL
College

12 月 19 日

到国家公园的时候已经有很多人聚集在空地上，没有车位，罗郎让我先下车。

我们来迟了，其他艺术家都在自顾自创作，有的已经完成得差不多了。前两天来这里的时候，一些编制的项目已经开始。分配给我创作的是一面墙，位置在公园的正中间，查理已经为我准备好了颜料和画笔。

大省的文化官员、市长、艺术家联盟主席和纪念活动的负责人前来慰问，他们希望我现场书写一个作品。我自上而下写了“福从天降”。祝福这个节日，祝福新年，祝福大家平安、年年有余。

今天有纪念岛上奴隶解放的庆祝活动，艺术家在国家公园创作作品。

我完成的壁画内容是“鱼”和“福”，融合了凤凰红和非洲符号。电视台采访的时候，我讲述了“年年有鱼”的寓意。岛上人对鱼有宗教般的情感。

晚上在公园感受全岛最大规模的集会，观看象征各民族团结的大游行。丰富的民族服装和接地气的表演，即使在联合国的庆典中也难得一见。很多警察在巡逻，查理说，这是因为担

心黑人歌手悲伤的音乐引发骚乱。那些过于悲伤的旋律、歌声，是底层黑人生活的咏叹调，男人悲歌，女人甩动艳丽大裙跳着塞卡（Sega）舞。

塞卡，是毛里求斯一种本土独有民间音乐和舞蹈的统称。塞卡音乐来自非洲，起源于波旁王朝殖民统治期间。马斯克林群岛没有原住民，葡萄牙、法国、英国占领这片土地之后，从非洲和印度贩运奴隶来这里，主要种植甘蔗，发展制糖业。传统塞卡音乐的歌词内容通常描述当年黑奴在岛上的艰苦生活。现今在公共空间为大众表演的塞卡歌舞则是商业演出。

明天是留尼汪岛奴隶解放一百六十周年纪念日。纪念活动从今天开始，持续三天。我是这次活动特邀的外国艺术家。

与大省的文化官员、市长、艺术家联盟主席合影留念

MAN IS WATCHING YOU
SAFRAN E
KATKAT MANIO K
PANIS ET CIRCENCES

艺术家与作品

EXPOSITION ARTISANALE

OFFICIAL
College
Attention
Bebe
Boxeur

12 月 20 日

克里奥尔人称今天是“卡夫节”。1848 年的 12 月 20 日，是留尼汪岛奴隶解放的日子。虽然早于这个时间政府已经立法废除了奴隶制，但为什么将 12 月 20 日定为“奴隶解放日”，很多人说不清楚。海边酒吧非常热闹，全岛放假。我被邀请到米卡的父母家做客。

历史上的 1848 年发生了很多重要的事件：

首批满怀着淘金梦想的中国移民抵达旧金山；

卡尔·马克思和恩格斯发表《共产党宣言》；

法国二月革命，七月王朝被推翻；

德国巴伐利亚路德维希一世退位；

法国六月起义爆发；

英国滑铁卢车站通车；

威尼斯共和国复国；

12 月 19 日，《呼啸山庄》的作者、英国小说家艾米莉·勃朗特逝世，年仅三十岁；

12 月 20 日，拿破仑三世拿破仑·波拿巴总统宣誓就职。

1848 年，欧洲在革命，平民与贵族间的抗争在展开，这里才刚刚开始奴隶解放。一般说来，革命行动大多以失败收场，

但是会造成各国君主与贵族体制的动荡。

或许今天是奴隶解放纪念日，或许我是中国人，大家围绕的话题是：奴隶、移民、家庭和民族。

爸爸的爸爸的爸爸，妈妈的妈妈的妈妈，妈妈的爸爸的爸爸的妈妈……我们的前辈来自哪里？岛上所有的孩子都会问妈妈：我们来自哪里？在这样一个特定的地域里，人们会思考他们的祖辈在哪个遥远的地方，他们是怎么样的，为什么来到这里。

米卡的父亲说，在他模糊的记忆里，他的祖先是漂在印度洋上的海盗，掠印度人为妻。

在大航海时代，这里是海盗的乐园，奴贩的中转站，海上犯罪者的放逐之地。

329692
107141
163085
332000
332050
338118
83367
291920
305479
285316
172566
353925
353636
353637
353621
353623
353917
353918
353914

波旁奴隶时代

克里奥尔的历史

BANN

12 月 21 日

约好去北部参观美术馆。

到了圣但尼巴黎大道，也称小巴黎，街道上还是看不到什么人，气氛和周末一样。圣但尼作为首府所在地，那么安静，不像西部那般热闹。巴黎大道是历史文化街，街道两旁是殖民时期留下的较为完整的建筑。

留尼汪利昂·迪奥克斯美术馆位于巴黎大道中间，进铁门，前院有一尊小雕像，门厅四根罗马柱支撑了这个殖民时期的克里奥尔代表建筑。

美术馆馆长接待了我们，向我们介绍了美术馆的情况，并与我们一起观看了正在展出的 19 世纪末 20 世纪初的馆藏作品，还有年轻艺术家的作品。馆长说，美术馆没有特别的倾向，除了馆藏作品外，平时其他展览都是与本岛或法国有关的艺术家的作品。法国华裔著名艺术家陈箴、严培明都曾被邀请参加展览。去年青年艺术家双年展，广州观念艺术家翁奋也应邀在这里展览了摄影作品。

奥拉尔，艺术赞助人，出生于该岛，20 世纪在巴黎资助了很多印象派画家，尤其为毕加索、马蒂斯和高更等一批当时还没有成名的年轻艺术家提供过帮助。艺术家成名之后都捐赠了一些作品给他，毕加索还给他画过肖像。虽然藏品未必是那些画家的代表作品，但可以看到他们早期作品的面貌。他的藏品中还有一些是印象主义时期光芒被大师掩盖的艺术家的作品。这位赞助人当时消费了一点“闲钱”，没有想到今天成了艺术的同盟者，与艺术大师一起名垂千秋。按照中国人的说法，善

与利昂·迪奥克斯美术馆馆长合影

有善报，恶有恶报。

门口的塑像不是赞助人，而是利昂·迪奥克斯，他是一位藏家，据说也是一位画家，也有说是诗人。他捐赠了奥拉尔的藏品（因为奥拉尔死于一场车祸），创建了这个美术馆。馆内有介绍美术馆和奥拉尔的书出售，遗憾是法文版。

下午来到了圣保罗，参观另一位万恶的波旁帝国资本家的豪宅。这位资本家的故事是岛上历史的反面教材。

她的墓地上曾有一块巨石，她本想借此表达灵魂的不可动摇，但这块巨石还是被雷电击碎。房主的后裔敏感地意识到前辈在这里留下了不光彩的历史，决意离开圣但尼，离岛前把这栋房屋捐赠给了政府，政府象征性地支付了一美元。现在这栋房屋是岛上奴隶博物馆的所在地，展示了主人的家谱，有私家园、主楼、副楼、奴隶生活区、牢房、工厂遗址等。那时，中国瓷器和非洲奴隶在圣保罗港一起上岸，象征了征服者的财富。中国瓷器展示在最显眼的客厅，奴隶则被关押在后院最阴暗的牢房并锁上脚铐。

据说波旁岛是西印度洋唯一出现过白人奴隶的地方。历史上的白人奴隶有三类：一是有黑奴血统者，二是契约奴，三是为免除死刑被流放的犯人。他们与黑奴一样，被视为殖民者的“东西”，可以出租、抵押、转卖，被关押在牢房里，承担繁重的体力劳动。上星期我们去过的玛法特深山峡谷里，还居住有白人奴隶的后裔。奴隶的结局一般只有两种：反抗残暴的欺压最终被处死；或者是逃亡到原始山谷，过着与世隔绝的生活。

来到画家可卡家享用晚餐。可卡的家很漂亮，隔壁还有一个大的画室，他是岛上生活和创作条件最好的画家之一。席间有一位华裔画家，会讲一点点中文，大家的话题又围绕波旁时

代和移民展开。可卡认为自己也有中国血统。很多画家都认为自己的祖辈与华裔有联姻，所以他们认同中国文化，会创作一些与东方相关联的作品。今年 4 月份，可卡寄来作品参加第九届亚非国际当代艺术展，下周他将去印度考察。

吃完甜品，可卡一再挽留我住在他家，似乎我们的聊天还没有尽兴，但我不得不离开，因为每天都有新的安排。告别时，他送了一本记载奴隶时代的书（*LE GRAND LIVRE DE L'ESCAVAGE*）、朗姆酒和留尼汪糖，以及尚德罗请他转送给我的一大包香料，这几样东西是波旁岛最精华的代表。要问什么代表了留尼汪，克利奥尔式的深情和文化包融，就像南印度洋浓烈的气候一般。

回到酒店时已经过了十二点，也没有时间和远在德国的女儿聊上几句，赶紧把今天拍的照片导入电脑，写上几句。

今天是传说中的“世界末日”，但中国和留尼汪的时间都早已过了凌晨。过了 12 月 21 日，我还好好地活着。

MUST
UNITE

à Lao gi

en toute Amitié

"on existe que par les

liens que l'on tisse

avec les { Autres
Arbres

↓

"sont une

espèce d'HOMME

Kako

21/12/2012

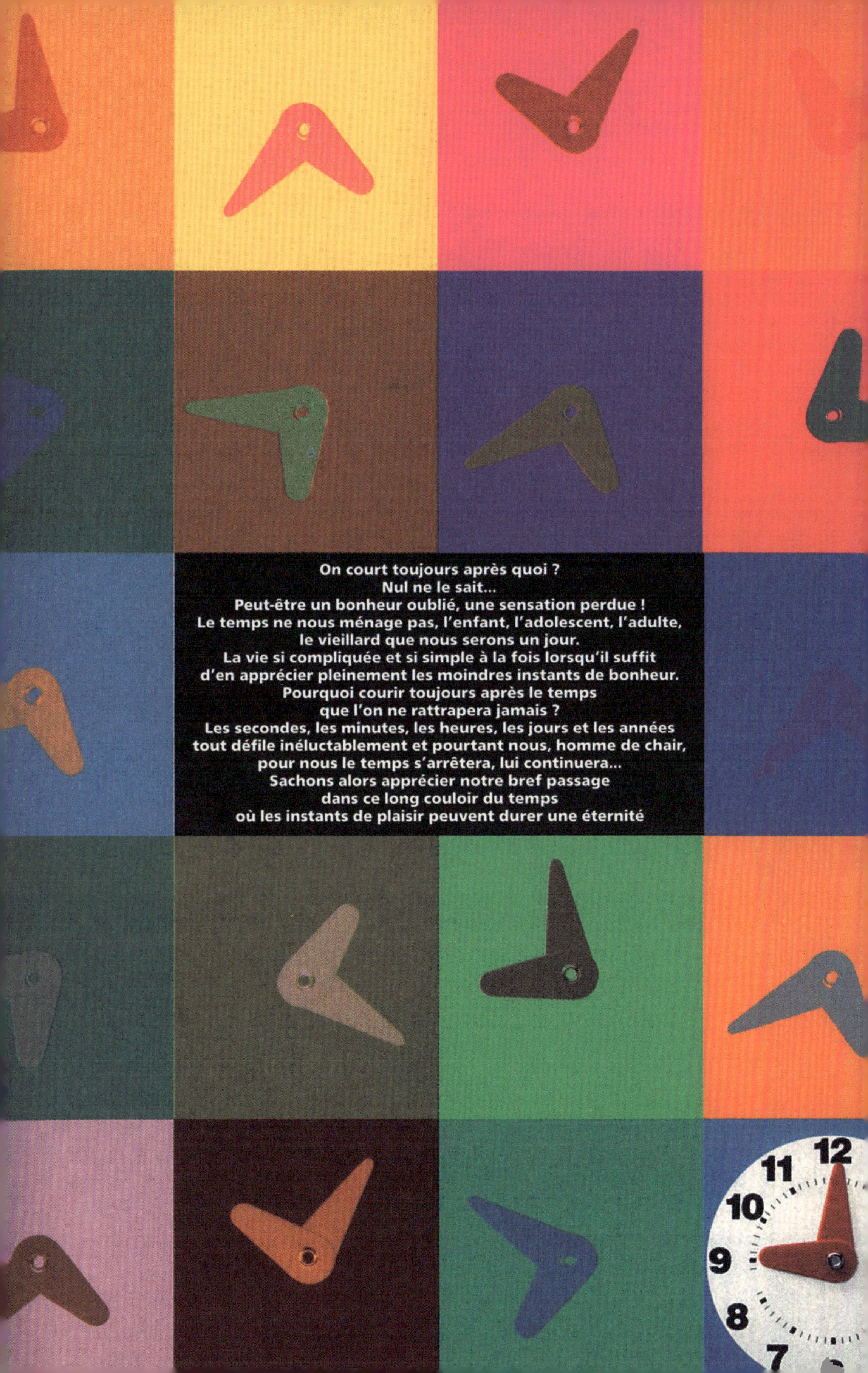

On court toujours après quoi ?
Nul ne le sait...
Peut-être un bonheur oublié, une sensation perdue !
Le temps ne nous ménage pas, l'enfant, l'adolescent, l'adulte,
le vieillard que nous serons un jour.
La vie si compliquée et si simple à la fois lorsqu'il suffit
d'en apprécier pleinement les moindres instants de bonheur.
Pourquoi courir toujours après le temps
que l'on ne rattrapera jamais ?
Les secondes, les minutes, les heures, les jours et les années
tout défile inéluctablement et pourtant nous, homme de chair,
pour nous le temps s'arrêtera, lui continuera...
Sachons alors apprécier notre bref passage
dans ce long couloir du temps
où les instants de plaisir peuvent durer une éternité

1846 - 1912

Louis Antoine Roussin, Evêché de Saint-Denis, rue de Paris,

Henry Mathieu, Evêché de La Reunion, 1897. Coll. privée.

MUSEE LEON DIERX
LEON DIERX
1858 1912

PETITE HISTOIRE DU MUSÉE LÉON DIERX
1846 - 1912
1912 - 1965
1965 à nos jours

12 月 22 日

酒店吧台的射灯正好照在我的电脑上，加了女儿的 QQ，没有反应，估计还没有回家。今天正式放圣诞假了，她明天要离开德国，辗转来岛上。

酒吧荡漾着克里奥尔悠长的音乐，女歌手沙哑的中音和击鼓声特别有非洲的味道。远处的星光顺着山坡自左往右一直倾斜到海面。海风清凉，喝多了橙子、菠萝和柠檬的混合饮品，也会醉。只要回来得早，晚上我一定会坐在吧台休息，点一份冰激凌，写日记。

中午在当蓬吃中饭，当蓬是查理和米卡的家乡。过来一位老妇人，说看着查理和米卡长大，说他们小时候不好好读书，经常逃课在附近玩。我说全世界的画家都是逃课生，读书最差的学生可能是最好的艺术家，因为他们的脑子是用来创造，而不是用来储藏课本知识的。

今天专门来当蓬看斗鸡。铁皮工棚像一个小型的罗马斗兽场。我们在台阶上坐定，等待“决斗”。看见一位华裔抱着一只鸡，我们挥手向他打招呼。他过来和我们寒暄，说刚退休，斗鸡消遣。他之前是小学法语老师，兼教地理和历史，是第二代华裔，

只会讲一两句中文。他与昨晚的那位画家一样，从小学习法语和克里奥尔语。在这里，只有七十岁以上的老人才会流利地讲“唐话”，即中文。岛上出生，尤其是第三代，虽然有中国的根，有中国情结，也有回中国看看的想法，但不怎么认为自己是中国人。由于克里奥尔文化的包容性和融入感，他们没有刻意强调身份，只有他们的父辈和祖辈才有乡愁。他们是欧洲、非洲和亚裔人的综合体，每个人身上都混合了不同民族的血液。

斗鸡的现场气氛异常刺激，工棚像纽约纳斯达克股票市场那么热闹。躁动的参赌者，高举手臂，加价筹码，叫喊声此起彼伏。几个回合之后，长脖红鸡已经精疲力竭，中场休息时段，主人还要用冷水刺激鸡头，激发争斗意志。可怜的鸡啊，老板千万不要这样对待员工。斗鸡仍然在继续，我们放弃了观战到最后的想法，起身离开。人都吃不消了，鸡还在努力。

门口有个转筹码的赌台，另有一群人在扔骰子。他们说这是中国传过来的赌博游戏。好赌、好斗也是克里奥尔人的生活。

女儿在 QQ 上加我了。她说她今天给房东老奶奶庆祝生日。

克里奥尔人的生活

Gem la vie
La Boutique Bio
Tél: 0262 38 51 27 GSM: 0692 04 55 22
ARRIVAGE
PRODUITS
FRAIS
FRUITS & LEGUMES BIO
PRODUITS BÉBÉ BIO
ALIMENTATION BIO
PRODUITS ÉCOLOGIQUES
Bio
231

INTE JEANNE D'ARC, PRIE POUR NO

HOTEL
Cave à Vin
Galerie d'Art

BOITEAU
NE LE 15 AOUT 1901
SARTHE
PROFESSEUR AU SEMINAIRE
DEFUNCTUS
JUSQUE

12 月 23 日

上山野炊，太阳转为了阳光。空气像水果一样甘甜（可能附近有香料），教堂如历史那么古老，天像海一样蓝，树像草一样绿，环境像美女般妩媚，美女像花一样绽放。往来的人，各式各样。

在山坡拐角处，我们被一家主人招呼。他盛情邀请我到他家喝一杯。男主人拿出了他儿子的书送我，书是介绍克里奥尔音乐历史的。据查理说，他儿子是著名作家，生活在巴黎。女主人是一位画家，墙上挂的都是她的作品。夫妇俩拿出自己酿的荔枝酒招待我们，说不愿住在城里，喜欢这里的景色和空气，很多人不理解他们。我想他们是真正的生活家，懂得感受自然，享受宁静，把生活融入山谷之间。岛上任何地方的空气都是好的，他们喜欢距离天空更近些，与花草为邻。他们的院子里种满了各种鲜花。

离开时，女主人一定要送我一张她的风景小画。

荔枝酒口感好，我喝得太猛，当饮料解渴了，忽视了那是酒精度较高的朗姆酒，后劲相当厉害，到了山顶真的有点晕乎乎。

途中看见火山遗址，其形状像巴厘岛的天池，凹陷的盆地并不积水，水流入山下，雨大的时候会形成瀑布。

我们在原生态植物园找到歇脚的地方，便停下步伐，享受了美女们的烤海鱼、克里奥尔八宝饭和水果。这样的野餐让我恍若回到了逃课年代。

岛上有一种与中国有关的“波旁月季”，是波旁时代岛上

特有的蔷薇。据传，一个农夫喜欢用中国月月粉和久负盛名的大马士革蔷薇（突厥蔷薇）做篱笆，结果杂交出新的品种，人们称其为“波旁月季”。它是欧洲第一代月季杂交种，香味浓郁，花期不断，深受欢迎，在欧洲的乡村非常流行。

岛上居民都热爱种植花卉，政府也重视打理各种植物公园。岛上的植物公园有波旁花园、埃当花园、异域花园、自然花园、国家植物园，还有芳香园和香料园。

12 月是水果最多的月份，当地人喜欢把各种果汁混合在一起，像鸡尾酒那样，味道浓烈、可口，维生素含量极高。桌前四五个杯子，各种水果汁、美酒，轮番享用。他们称香蕉为“无花果”，称花生为“黄连”。

兵豆和大米是大部分家庭的主食。如果在快餐店，一份标准的午餐一般包括米饭、兵豆、菽菽、鱼排或香肠，也有将兵

豆与大米混合在一起烧煮的。西拉奥斯景区是兵豆的主产地，其出产的兵豆以最精致的外形和最柔和的口感著称。每年都有兵豆节，选出“兵豆小姐”。非洲兵豆成色偏深，类似咖啡，像扁豆，含有清凉解毒、祛风湿的药用成分。

回到山下，罗郎认为一定要到小镇最漂亮的咖啡吧喝一杯。咖啡喝的不是浓度，而是惬意，我们讨论下周是不是再来小镇住上一夜。

西拉奥斯山谷美到让我不忍离开，漫步闲逛，看云看山看树看花看人看房子，看不够，看不饱，看到累。喝了波旁咖啡，才知道克里奥尔语“西拉奥斯”的意思是“永不离开之地”。

要论岛上最漂亮、最美好的地方，我想说今天的西拉奥斯算是其中之一。

西拉奥斯教堂

Le Cryptomeria
Gîte Meublé
Site:www.le-cryptomeria.com
REPAS
à emporter et sur place

12 月 24 日

美国肯塔基州有一个小镇，叫波旁镇，建于 1785 年。现在美国最著名的波旁威士忌就产于该地。据记载，美国的鸡尾酒产生于 1776 年。

欧洲最有名的朗姆酒来自波旁岛，可以推测，美国的鸡尾酒和威士忌都源自波旁时代的波旁岛。

参观朗姆酒厂。酒厂正厅墙上挂着一幅巨大的黑白照片，内容反映的是中国移民开店的生活。奇怪，为啥选的是中国移民，而不是欧洲移民的照片？波旁时代，这里除了少数欧洲殖民者，中国移民是最早登岛的商人和工人，其他都是奴隶，所以早期华人的到来，成了岛上历史的重要部分。

在郊区，有一个由土墙构建的博物馆，为咖啡色的平层，很长，没有窗户，远远看去像一个畜牧用房。博物馆里正在展览中国的文物和书画，是殖民者的藏品。展览相当专业，有视频正播放着黄山与中国山水画的关系，场内不允许拍照。我不明白这些明清时期的名家画作从何而来。最初来到这里的华裔移民是没有能力拥有，也不太可能把这些文人墨客的闲暇玩物带到这里。

下午拜访非洲裔艺术家理查德，一辆被打造成艺术品的车

是他每天在马路上流动的作品。家门口的指示牌也是用艺术的方式呈现出来的。院子里堆满了杂而丰富的艺术物品，大概除了吃饭的碗、睡觉的床，家中所有的器物都被他描画了连绵不断的线条，构建起相互关联的理查德。

今晚平安夜。

女儿已经从法兰克福飞到巴黎戴高乐机场，晚上将在印度洋上空吃晚饭，飞机上会有特供晚餐吗？

圣诞期间，很难买到往返欧洲的机票。女儿的机票是 12 月初在米兰订购的，当时已经只有最后一个座位，价格就不要再询问了，非常昂贵。

岛上每户人家都是大家庭，你会发现他们中有非洲人、亚洲人、欧洲人，更多的是克里奥尔人。我只能这样笼统地描述，

因为你看不出他们来自哪个国家，特别是非洲人和欧洲人，亚洲人最容易区分的是印度人、东南亚人。他们虽然有着不同的宗教信仰和文化背景，但由于相互通婚，生活共融，很少有种族、民族歧视。

平安夜，我被邀请到了查理父母的家，融入他们的大家庭。

鹅肝、生蚝，是平安夜餐桌必备的美食；“萨姆萨”，类似中国的春卷；木炭样式的“BUCHE”蛋糕，象征冬季取暖。一株圣诞树，周边摆好各种包装漂亮的礼盒，家长带着孩子到院子外面转一圈，回到树下，开始寻找属于自己的礼物。礼物上写有名字，不仅孩子有，所有在场的大人、老人都会获得属于自己的那一份，我得到的是一瓶著名的朗姆酒。

“A NOUS”（阿努）、“THIN THIN”（亲亲）、“BONNE SANTE”（碰桑对），都是表达“干杯”的美好称呼，是创造节

日气氛的用语。享受完大餐，我们和孩子一起到路边放鞭炮。大家都知道这是中国文化的习俗，尽管政府也禁止这种行为，但克里奥尔人喜欢这种喜庆的方式，用爆竹烟花彰显存在感。

查理的母亲说，她年轻的时候曾与一位中国帅哥相恋，之后他回到中国去征询父母的意见，之后再也没有回来。尽管如此，她说：“我热爱中国，我下辈子还要找中国恋人。我家族中有很多漂亮的女孩，随便您挑选，我希望您能成为我们的女婿，我们今晚就把这件事敲定！”我把从杭州带去的丝绸围巾系在她的脖子上，轻吻着对她说：“我是您中国情人的使者，今天来向您祝福，祝愿您有个美好的未来。现在我太老了，下辈子我一定到您这里报到，请您包办婚姻，娶一位您家族的漂亮女孩，到圣皮埃尔大教堂，请美女市长做主婚人。我已经和市长打过招呼了。”

大家在欢声笑语中度过了最美丽、最快乐的平安之夜。

邀请最亲近的朋友共度平安夜是克里奥尔人的传统。

AC ISOTHERME
UTILISABLE
Jouets

IMPASSE

MADOI
Sur les traces
du tigre...
22 décembre 2012 / 4 aout 2013
MADOI

12 月 25 日

女儿和我走了相同的路线，昨天从德国到巴黎，再到毛里求斯转机，上午十点半终于顺利到达波旁岛，不对，是留尼汪罗兰·加洛斯机场。查理、曾先生、小沈和我到机场迎接。也许是吃多了德国的肉圆和香肠，女儿看上去气色很好。大家赞扬她的独立能力，问候旅途的疲劳。

机场不在首府圣但尼，而在北部东面的圣玛丽市，北部只有这两个市。曾先生今天一定要亲自来接送我们，他开车带我们穿过圣玛丽、留尼汪大学校区、圣但尼巴黎大道、中国人最早聚居的“世昌堂”、海滨炮台附近，一路介绍，让女儿感受真正的殖民地域的历史城市。

到了曾先生家，他太太一早就去买菜做准备了。夫妇都是地道的杭州人，为我们准备了丰盛的杭帮菜。在遥远的岛上，在法语社会，我们还可以用杭州话聊天，那感觉不是在讲家乡话，而是在讲一种奇怪的语言。在这样的氛围里，查理明显被冷落了。

曾先生是留尼汪大学第一位中国留学生。他父亲早年移居留尼汪，20 世纪 50 年代返回杭州，进入浙江大学学习，之后没有再回到岛上。曾先生 90 年代大学毕业后因父辈的关系，到圣但尼继续攻读硕士学位，至今已经在岛上生活了二十余年。

晚上，酒店灯火辉煌，充满节日气氛，和女儿在露天餐厅选了一个最佳位子，点了朗姆酒和海鲜，举杯欢度最幸福的时光。女儿向我展示她的德文作业，明知我看不懂，还要指指点点，告诉我她取得了最佳成绩。她成绩太好，今后做不了艺术家。

这是我第一次感受没有寒冷，没有大雪纷飞，没有火炉，没有圣诞长袜，没有圣诞老人的夏季圣诞之夜。

与女儿欢度圣诞

殖民时代的圣但尼

PIZZA
du
Jardin
Tél 0692 711 743
IMMEDIATE
Les Pizzas 33 & 40cm
-2€
Sur Chaque Pizza Achetée
REPAS A EMPORTER
SALADES - PANINIS - SANDWICHS
BOISSONS FRAICHES - GLACES
SALADES - PANINIS
FRAICHES - GLACES
PIZZERIA
0692 711 743

SAUF
EE SHOP
HERMANN
AL-020-XL

OFFICIAL
College

College

Déviation conseillée
2.6m
Avenue de la VICTOIRE

12 月 26 日

发了一些圣诞祝福邮件，女儿还在睡懒觉。

下午到了圣皮埃尔，罗郎妻子陪我们逛商店，这次女儿“血拼”到非洲了。我买了东非风格的布，两本介绍克里奥尔旧建筑和教堂的小书。我还在名品店买了迷人的婴儿套装，作为圣诞礼物送给罗郎夫妇，祝福他们即将迎来新的生命，罗郎夫人三个月后就要生产了。

圣诞假日，人明显比往日多，街上很热闹，可以看到最时尚的法国人、非洲人，华人很少。

路边华裔人家围起来打麻将，他们不讲中文，遇到“发财”“杠头开花”“对对糊”，怎么表达？

圣皮埃尔游艇泊岸，到处是酒吧和商店，晚上有很多音乐活动。北部的人更喜欢赶到西部来购物，享受生活。岛上的空气是甜蜜的，弥漫着各种香料的味道以及甘蔗和朗姆酒的气息。这里融合了法国的格调、非洲的文化和亚洲的美食。

老港口附近，有两个旧火车站，左侧被改建成了酒吧长廊，右侧是店铺、查理画室和首饰工作室。人们不称查理画画的地方为画室，而称它为“work shop”，因为他的画室对公众开放，任何人都可以进来看他画画，挑选喜欢的作品，好像在市场上挑选时装，价格双方协商。买画的人很多，每次到他的画室休息，都会遇见买画的客人。查理是天才艺术家，拿起画笔就可以构

建出不同的克里奥尔故事。他的作品从内容到色彩都非常丰富，从来不画重复的风景和人物，画面结构和形象也总让人感到意外。人物和色调既不是法国的传统风格，也不是非洲的样式，而是非常后现代的风格，这也是最典型的克里奥尔艺术。他的每件作品我都喜欢，他用单色红画出的人物场景，像波旁时代的素描。查理开朗豪爽，包容侠义，好为朋友。他不仅仅是画家，更是名副其实的歌星。他白天在画室，晚上在酒吧参加音乐活动，白天是画家，晚上是歌星，他是我们身边的帕瓦罗蒂。

由于女儿到来，需要储备一些“粮食”。我们到超市，买了朗姆酒、汽水、水果、点心等一大堆，没有买到方便面。

傍晚回到酒店，在漂亮的小平房，面对大海和树林，我和女儿一起享受美好的时光，几包库存方便面是最抢手的“美食”。

圣皮埃尔市

艺术家查理的作品

BA

LÉON
artisan d'art
bijoutier joaillier

www.pardon.net

MASTER

LÉON
bijoutier joaillier
atelier
Léon
Solde

ATELIER d'ARTISTE
C. lesquelin
Tel : 0692 60.16.55
L'Echo du Bois

D'Ô
THEATRE D'AZUR

kores
jaquettes CD

12 月 27 日

中午，我们到了米卡的丈母娘家。她家庭院里有着各种花草和一池中国红鱼，唯一缺的是假山。我们到养鸡的地方瞧了一瞧，嗨，简直就是动物园，里面有很多珍稀禽鸟，让人目瞪口呆。

西方的动物画都很死板，类似标本绘画，不像我们的水墨花鸟，诗意神韵。

岛上景色入画，我买了几册反映岛上历史生活的画册，里面有很多画家的速写作品，描摹景色与人物，也有反映欧洲殖民者社会活动、黑人与印度人以及克里奥尔人风俗的场景。我喜欢用铅笔淡彩画出的景物。岛上没有名家，画作出自普通的欧洲殖民者。作品风格朴实生动，不像法国本土的艳丽富贵，这些作品非常符合岛上的气息。有一些手绘的海报和用于明信片的作品，远比波旁时代欧洲大陆的洛可可艺术亲切。这是一种平常生活的艺术，符合我艺术生活家的趣味。

岛上旧时代绘画

波旁岛的画家

de St Vincent, d'après Patu de Rosemond.
Gravé à l'eau-forte par Fortier.
Palsage de la Rivière des Remhart.

岛上旧时代绘画

12 月 28 日

昨天上午我们就去过西海岸机场，因为中部山区云雾太厚，原定的飞行计划取消了，只好今天一早赶来。这里既是留尼汪的第二空港，也是观光全岛的直升机机场。

查理帮我们争取到了这次免费空中游览的机会。因为费用很高，很多留尼汪人，包括查理本人也没有登机游览过。

今天的云层虽然没有昨天那么低，但依然在山头移动。机长说可以飞行，让我们不用担心。他说的“不用担心”是指今天可以游览，而我的担心是云雾太多，心里害怕，看到旁边七十多岁的老太太、老爷爷，还有年轻夫妇怀抱两岁左右的孩子，才有所淡定。对自己的胆量有两种不同的解释：一是我可以胆大妄为，因为十年前医生已经取走了我长着结石的胆，据说鸟是没有胆的，所以可以在天上飞；第二种解释是没有胆的人一定没有胆量，失去了胆等于没有了量，没有了判断容器，什么都怕。

登机前机长向我们介绍了相关知识和注意事项，我听不懂法语，正好“无知者无畏”。我看见远处一架飞机回到地面，准确地降落在指定的圆圈正中，稳稳落地。

女儿坐前排左边，右边是飞行员，老太太坐中间，我在女儿后面，边上老爷爷，右侧则是怀抱小孩的夫妇。飞机升到高空很平稳，但飞到两座山中间，侧身，前方云雾，什么都看不见时，真的让我感到刺激和惊慌。我们像鸟一样在峡谷云雾中

飘来飞去，太吓人了。小孩哇哇大哭，老太太直接蒙上眼睛，不敢面对前方。穿出云雾，重见阳光，好像世界又回来了，岛屿海域、群山森林、城市街道、山坡屋顶。高空下，人就是地球上会走路的虫。

俯视火山，地表残留了不同时期喷发后的熔岩，以及熔岩阶梯式外溢的痕迹，像极了电视上看到的月球表面。

傍晚，罗郎陪我们逛圣勒海滨，聊到上午的飞行，他说美国宇航局制作人类登月的宣传视频就是在这里拍摄的。留尼汪岛、夏威夷岛与西西里岛并称为世界上最活跃的活火山岛。

圣勒小镇有三个教堂，我们先逛到最老最大的教堂附近，又巧遇婚礼，就顺便进教堂看看。圣诞结婚的人很多，嘉宾们穿着统一的服饰，轰轰烈烈。

爬上山坡，去了第二个教堂，第三个在山顶，走不动了。小镇街道两旁保留了殖民时期的铁皮旧民居，我最喜欢绿色和银白色的那种。里街大多是富人家的院落，屋檐下雕花裙边。看见有趣的建筑时，我会举起相机按下快门，黄昏非常出效果。

发现一家中国小超市，店主是新移民，丽水人，也算浙江老乡。因为找到两包方便面，女儿非常激动。店主不肯收钱，“都是老乡，一点小东西，不要那么客气”，他们保留了中国文化中情意重于金钱的思想。

让我想起十年前，在意大利热那亚的中餐馆，两个温州籍小姑娘让我给她们看看人民币，说已经很久没有回中国了，中国“钱”啥样子都忘记了。我说忘记吧，国内现在认钱不认人。

俯视波旁岛

12 月 29 日

周末，我们去圣皮埃尔最大的圣诞集市闲逛。集市规模是圣勒市的十倍，有太多美丽的东西了，女儿和她的伙伴迅速消失在我们的视野里。

中午到查理工作室休息，女儿说累趴下了，我们去海边喝咖啡，看海和美女。

留尼汪大学的朋友告诉我们，省府圣但尼中法文化慈善协会已经确定下我的展览，希望我们马上去看场地，于是我又赶去北部。展览场地是一栋克里奥尔的别墅，融入我的东方符号，效果会不错。我很满意，回来的路上，我开始思考怎样布置展览。

这次驻地艺术家生活，除了考察岛屿的自然生态、文化历史，访问艺术家，参与公共文化艺术活动，我最重要的工作是对克里奥尔现象有切身了解，举办展览是为了促进与当地艺术家的交流。邀请方原定在西海岸的海洋博物馆内举办展览，现在我更愿意移到北部中法文化慈善协会的这幢房子里，展览于 1 月 1 日下午开幕。

回到酒店已是晚上十点多了，天气虽然比白天凉快很多，但还是有些闷热，我躺着休息。

忽然听见外面熟悉又陌生的音乐，欢快的节奏此起彼伏，伴有歌唱和叫喊，一定是有乐队舞会。我毫不犹豫，也忘记了疲劳，推门下山坡，到酒店泳池边，见很多性感艳丽的美女摇摆翘臀，裸露着前肚后背，穿着最高纯度的草绿、中黄、古蓝、火焰红等强烈色彩混合的长裙，跳着玛洛亚。我坐在吧台边，喝着果汁，晃动着身体，感受音乐的节奏。

玛洛亚源自塞卡（Sega），是南部非洲、西印度洋群岛的民间音乐和舞蹈的总称，主要集中地为毛里求斯。

根据中国驻留尼汪总领事张国斌先生的描述，玛洛亚产生于 18 世纪，比塞卡融入了更多印度和欧洲音乐的元素，是岛上特有的音乐。其舞蹈则吸收了英国八人舞蹈的特色，形成了四人对舞的方式，有白人、黑人和亚裔的混合。最早的玛洛亚是在打击乐的配合下，一名独唱者与合唱的对话，发展到现在已经是融合了摇滚、爵士、雷格的元素。乐器也从原始的用甘蔗花茎制作而成的扁平的 Kayanm（内填充番红花种子）、非洲手鼓发展到了混合现代电子音响。如果纯是黑人的玛洛亚，会带有更多“塞卡”的风格，表达对白人统治者的抗议，有强烈悲愤的感情色彩。在奴隶获得自由前后的相当长的一个时期，统治者严禁奴隶在公开场合聚众演唱玛洛亚。

20世纪初，法国野兽派画家马蒂斯有一件剪贴作品，名为《克里奥尔的舞者》，画面中的舞者舞的就是塞卡。

我在日记中一直写“克里奥尔”，那么“克里奥尔”到底是什么？

16 世纪左右，西班牙移民到了美洲，为了区分新移民，人们称在美洲长大的西班牙移民二代为克里奥尔人。在西印度群岛，克里奥尔更多的是用来指加勒比海地区的人，不论其阶层，也不论其祖先是欧洲人、非洲人、亚洲人，还是印第安人。在法属圭亚那，此名专指采取欧洲生活方式的人，而不问其肤色如何。

波旁岛的克里奥尔含义与美洲并不相同。

在西印度洋群岛，最早的克里奥尔人大概是指法国和英国殖民后裔与中国移民的混血，后来是印度人与欧洲人的组合，再后来是东非一带的黑人奴隶的后裔与欧洲人和中国混血后裔的通婚，有点复杂。简单地说，克里奥尔人是欧洲、亚洲、非洲裔人的混血。所以岛上很多欧洲人认为自己有中国血统。这种混合也产生了新的语言：波旁岛的克里奥尔语言是法语与非洲语言的混合，南美则是法语、荷兰语、葡萄牙语与当地土语的混合。因为有了克里奥尔的语言，就有了文化分化。克里奥尔人的音乐、舞蹈、文字、建筑、生活习惯，都成了一种特有的符号和风格。克里奥尔的核心就是多元融合，具体到某些事物与立场时，它的含义又是复杂的，它既可以是名词，也可以是形容词。

马蒂斯虽然没有到过南半球，但是从他这件《克里奥尔的舞者》可以判断，他是了解南半球殖民文化的。他的工作室张贴了中国书法，那个时代的法国艺术界非常流行吸收殖民文化、东方和非洲艺术的异国情调。这导致高更直接奔赴南太平洋法属塔希提岛，塔希提岛是南太平洋的克利奥尔地区，所以高更的作品，代表了一个时代的“克里奥尔的舞者”。毕加索虽然没有被贴上“克里奥尔”的标签，但是作为西班牙人，依他对文化的敏感，对非洲和东方艺术的关注，我认为，毕加索中晚年的艺术风格多变、形式多样，是真正意义上的克里奥尔艺术。

克里奥尔是文化多元的象征。如果我没有来到这里，就无法真正理解马蒂斯《克里奥尔的舞者》以及高更的作品。

街景

192 BY
2€/kg

L'ARBRE DE VIE
Lapacho, verveine,
ROOIBOS SERENGETI
Thé rouge, ananas,
mangue, papaye, zeste
Rooibos du Verger
Rooibos
ROOIBOS Bio
Sans théine
FRAICHEUR D'AFRIQUE

GINSENG
The vert, ginseng, carthame, mandarine
GINGKO
Thé vert, feuilles de gingko, cerise, papaye
GEÏSHA
vert japonais
CÔTE SOLEIL
CIGALE
JASMIN
GINGEMBRE

12 月 30 日

到米卡父母家聚餐。

每天的日程安排满满，不仅赶路吃饭，沿路也饱览海景、白云、风和雨以及人情风物和克里奥尔世俗，收获了书本上没有的学问和知识。

波旁尖身，是世界上最名贵的咖啡。相信很多人都会说猫屎和艺伎是目前最好和最贵的咖啡，其实不然。这两种咖啡虽然很贵，但比起最纯真的波旁尖身来还差了一截。波旁尖身在 1810 年被法国人发现于波旁岛。据传，咖啡种植者雷洛伊发现园里有株矮个子咖啡树，叶尖身小，咖啡豆也更为尖瘦，产量比一般波旁咖啡少，经当时植物学家证实是普通波旁咖啡的新变种。由于豆体两端尖长，俗称“波旁尖身”，以区别普通的波旁品种。它因口味优雅，富有水果酸香味，被誉为波旁咖啡的极品，被巴尔扎克等法国作家和政要追捧。它是天然的半低因咖啡，千杯落肚都不会影响睡眠，意大利人一定不喜欢它。

波旁岛是全球最普及的阿拉比卡咖啡生产地之一。

20 世纪初，法国、英国传教士和研究人员在肯尼亚筛选培育出了另一种波旁嫡系。他们以特殊的高浓度磷酸土壤，孕育出咖啡特殊的酸香味，顶级的肯尼亚咖啡豆也源自波旁尖身。

很多新品种主要分布在非洲和南美，种植在海拔 350 米以上的地带。如产于肯尼亚的 SL24、SL28，巴西的“黄色波旁”和“卡杜拉”都是波旁的单基因变种，但其距离正宗的波旁咖啡味道已经很远，走味太多。

我不能教女儿读万卷书，至少可以带她走很多路。从 2008 年开始，她就跟随我到过美国很多城市，还有多伦多、维也纳、萨尔斯堡、拉格、百威、布达佩斯、苏黎世、洛桑、伯尔尼、琉森、日内瓦、吉隆坡、巴厘岛。去年她以优异的成绩获得了成为德国教育交换生的机会，只身前往德国巴伐利亚州斯维福特市，就读于公立文理高中，开始了在欧洲的独立生活。

这次和女儿欢聚在波旁岛，这是我们一起到过的最远的地方，在这里，我们享受了最丰富的生活。

艺术家聚会

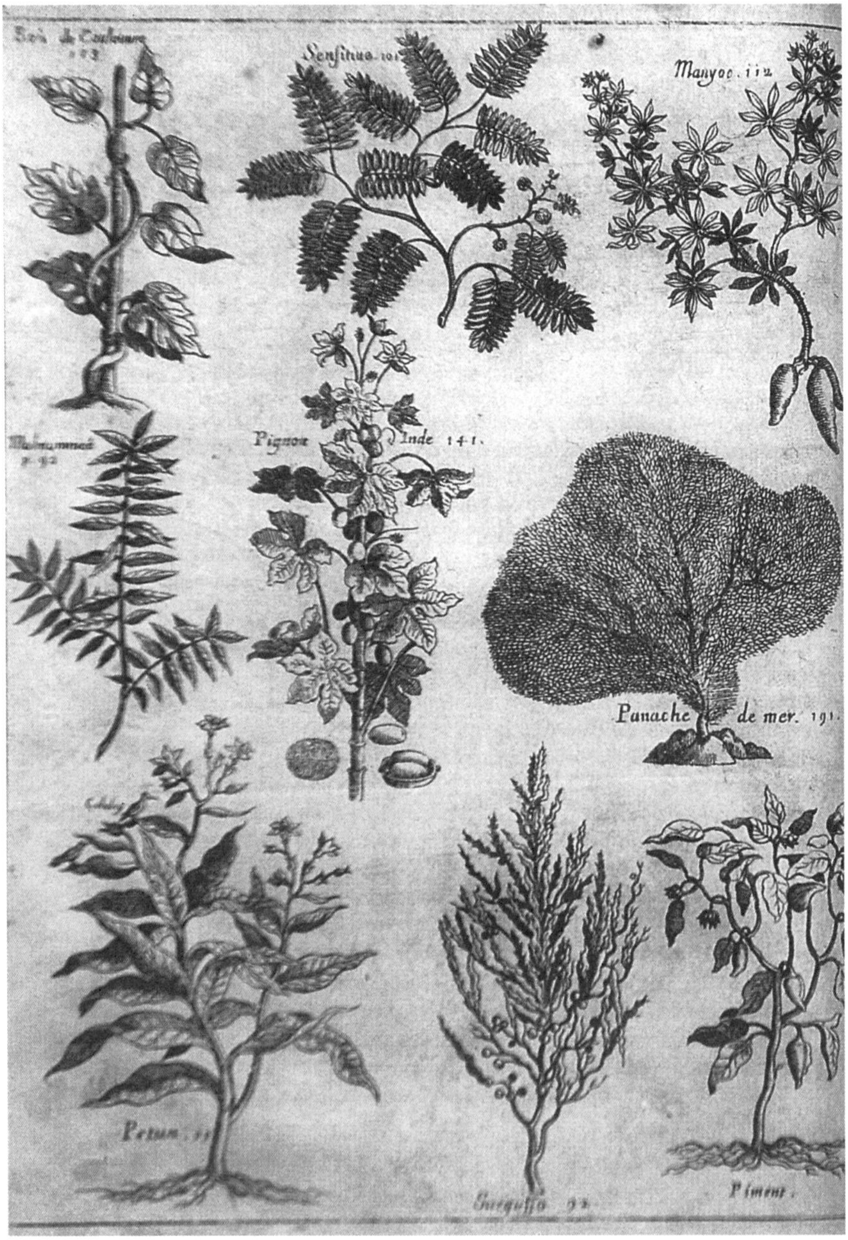
Sensitiue. 101
Manyoc. 112
Pignon d'Inde 141.
Panache de mer. 191.
Petun.
Piment.

波旁咖啡

D 27
BRAS DE PONTHO
L'ENTRE DEUX
LA RAVINE DES CABRIS

cimetière du village

12 月 31 日

上午九点我们从西海岸出发。到了圣但尼，罗郎给车加满油，又到 4S 店检查了车况。约十一点开始，我们向东海岸进发。

沿着东边山路走，罗郎告诉我们，由于特殊的地理位置，海风总是将雨雾由西边推送到了东方，所以东边几乎每天都有雨水，植物茂盛，异常潮湿。从圣安德列转道进入中部山区，开始云雾缭绕，大雨不断，我们不得不紧闭车窗。我们的目的地是塞拉斯和赫布尔乡村小镇，沿路景色非常优美。雨越下越大，到小镇时雨还是没有停。罗郎准备了三把伞，我们父女共享一把。漫步雨中，像极了电影里的镜头。背景是丛林中古老的教堂，画面人物是我们这两个“东方来客”。郑和当年到了北印度洋，我到了南印度洋中部山村赫布尔小镇，更远。

雨水多的地方色彩都特别清新、干净，花朵开放得特别奇艳。前些天去西拉奥斯小镇，我感叹那里是留尼汪最漂亮的地方。罗郎说赫布尔小镇被誉为法国最漂亮的乡村小镇之一，对的，这样的评价还不算很高。走在鲜花盛开的坡地上，远离喧嚣尘世，与克里奥尔建筑相伴，没有人会不感叹：这里是世界最美的乡间童话世界。像积木一样搭建起来的可爱教堂，据说是西班牙建造的，里面有童话般的宗教壁画、浮雕。一路走，每个地方

都要加一个“最”字：最美山峰、最美吊桥、最美溪流、最美艺术家工作营地，还有一座最神教堂。在一次严重的火山爆发时，岩浆冲毁了大片村庄和农田，唯有教堂没有受到任何冲击和毁坏，因为火山岩浆蔓延到它正前方时神奇地戛然而止，向教堂左右分流而过。我们去教堂朝圣，拍照证实此事此景。

房子很少有高楼，除了教堂，大多为一层平屋，大约是为了抵御台风，童话世界可不能让风吹走。奴隶和平民的家是铁皮包裹的盒子，简单到称不上建筑。即使是小洋房，屋顶也用铁皮覆盖，四面朝向，不是人字形，是立体八字状，用来缓冲风雨。整个岛上找不到一片瓦，大概没有瓦当的历史。

东部塞拉斯沿路风景

INESIS

MERC
SAINTE
ANNE

SI VOUS SAVIEZ LE DON DE DIEU

INESIS

1月1日

今天是2013年的第一天，元旦。

霍明祥先生为我们准备了巨大一锅“卡利”。这是岛上的传统美食。有点类似海鲜饭，比西班牙的还要丰盛，是克里奥尔风格的。因为除了鱼、虾、螃蟹、贝壳类，还增添了很多蔬菜，加入了生姜末、蒜泥、黑椒等佐料，味道醇厚鲜美。

世界各地的艺术家都是霍先生的朋友。我们上二楼看他的藏品，其中有严培明的“毛泽东”巨幅头像。霍先生的藏品中还有一本陈侗画过的册页，我在空白处题了字，并给封面题签。霍先生拨通了巴黎的电话，说：“阿明、阿明，洛齐在这里，你们聊几句。”与严培明聊完，我拨打陈侗的电话，遗憾没能联系上。陈侗、杨诘苍、严培明、黄永砯是法国帮。霍先生接待过两个中国艺术家，分别是严培明、陈侗，我是第三个。

我们参观大宅楼内不同功能的房间，藏着好酒的地窖，有着十几只巨大海龟的后院，还有法国殖民者当年关押奴隶的牢房。

他家的大宅，是法国政府指定的十六栋国家重点保护建筑之一，属波旁时代遗留下来而保存完好的经典克里奥尔风格建筑。霍先生说修缮已经花费了很多年，同样的时间，早就可以建起一栋新建筑。客厅一张巨大的霍氏家谱与世界地图并排贴

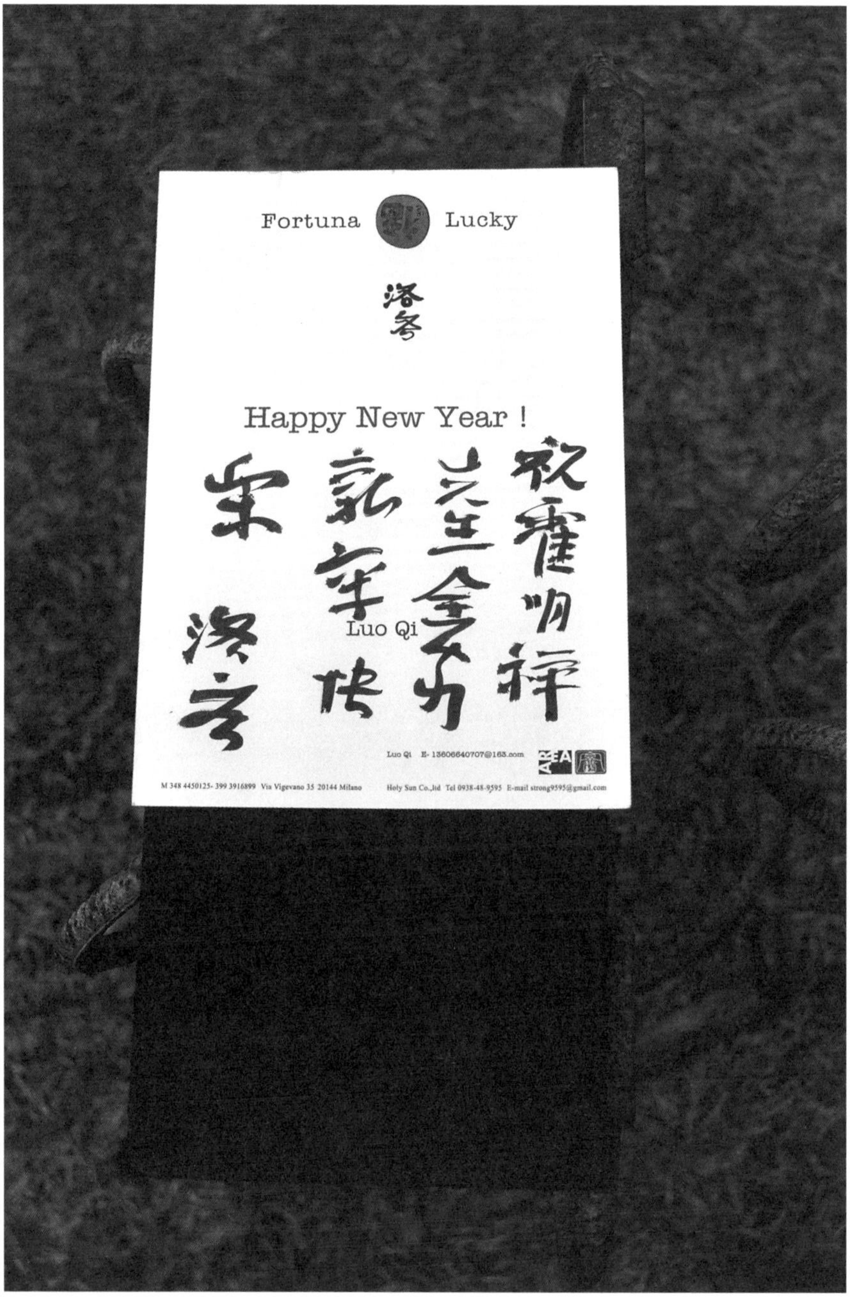

写给霍先生全家的新年祝福

在墙上，还有不同时期中国领导人到他家访问的留影，如国务院原副总理李岚清、全国政协原主席贾庆林和时任驻法国大使吴建民、孔泉等。面对父母的老照片，他介绍了家族移民的历史。他拿出当年周恩来总理送给他父亲的花瓶，这里有一段非同寻常的故事。

遵循中国习俗，霍先生把准备好的鞭炮挂在了院子的空地上，让我点燃，庆贺新年的到来。

回国后，我把为霍先生家的题字“霍氏文楼”交给了著名的刻字艺术家项长春。很快，巨大精美的匾额刻制完成，并由曾先生负责运到了留尼汪岛。不久，霍先生发来照片，“霍氏文楼”匾额高高地悬挂在了他家门楼上方。由此，这栋历史建筑真正融入了千年中华传统，永传后世，我的书法也绽放出了艺术光彩。

以下这篇霍先生的致辞，浓缩了几代海外华裔的心声，从中可以了解几代华裔从艰苦创业到成功发达的历程，特为附录，原文较长，摘选如下。

尊敬的孔泉大使：

今晚您能莅临寒舍，我感到万分高兴。这座房子已经有两个多世纪的历史，我的家族已经在这里生活了六十多年。

这座克里奥尔风格的房子已经被列为历史遗产，19世纪中期，一些中国工人曾经参与这所房子的扩建工程。我父亲生前一丝不苟地遵循孔子的儒家理念，几十年内，有四代人曾在这座房子中生活。我们努力尽量保留传统的价

值观，尊敬长辈、辛勤工作、努力学习，更不会忘记创造和谐的家庭、工作和社会环境。

我们也曾经有幸接待过其他的中国领导人：1992年接待外交部副部长杨福昌；同年接待了国务院侨务办公室主任；后来也接待了很多的中国国家、省级和地区的外事代表团，其中包括全国人大和政协代表团；2004年，我们也接待了您的前任吴建民先生，当时由他负责李岚清副总理过境的接待工作。这次接待给我们留下了深刻的印象。

您的这次访问必将极大地促进和加强留尼汪华人社区和当地人的联系。

大使先生，从1927年我的父亲来到留尼汪到2010年您访问留尼汪，这期间发生了无数翻天覆地的变化。我父母的故事或者说是传奇，一直是我引以为豪的榜样，他们的事迹也或多或少反映了所有留尼汪老一代华人的经历。

1927年，中国国内军阀混战、经济萧条，父亲受环境

所迫移民到这里，当时他只有十五岁。那个时代，这样的旅行要乘坐LEHMAN公司的帆船和蒸汽船，其间停靠西贡、新加坡、马来西亚的槟城，需要三个多月才能抵达毛里求斯。毛里求斯是来这里的必经中转站，要等好几个星期才能乘船前往这里。

当时，留尼汪岛在中国学校的教科书中仍然被称为“波旁岛”或者“波旁埠”，好像对中国人来说，法国的历史还停留在路易十六时代。因此，在我们祖先的谈话中，他们移民去了波旁岛，直到抵达留尼汪后才发现自己到的是留尼汪岛。

……

1936年，小有积蓄后，我父亲回到中国结婚，并把我母亲带回来，我母亲是佛山附近的Le Con市的五金商店老板的女儿。

当时，为了说服我母亲来留尼汪，父亲用了以前的人使用的策略：向她允诺美好未来，赚钱以后就回国自己开店当老板。因为中国移民无意在留尼汪落地生根，所有人只想着一件事：一旦发财致富就回到祖国，享受生活，百年之后，葬在祖先的旁边。要知道，当时老一代移民的信条就是“回到中国，落叶归根”，而1980年以后，新一代移民的信条就变成了“在留尼汪落叶生根”。

……

时光流逝，1937年9月，卢沟桥事变的爆发标志着日本全面侵华的开始，直到1945年8月6日，美国在广岛投放原子弹。在我的家庭出生了七个孩子，经历了无数苦难。他们经历了最严格的食品配给的时代。

……

1949年，就是在这一年我父亲实现了经济上的独立：他从事进口贸易，从一个工作了二十多年名不见经传的伙计摇身变为少数的大批发商之一，这些批发商被统称为“大手”，负责把商品批发到岛上的五百家中国商店。因此，我们家的物质条件一天天改善起来。我的父亲也由最初的一个贫穷的移民者，逐渐转变成日后的富商。

……

1965年，一个由三十多个来自环印度洋讲法语国家（留尼汪、马达加斯加、毛里求斯及南非的几个国家）的华人组成的代表团，在霍长仪的带领下，于1965年底抵达中国，一直到1966年初才离开。为期三个多月的旅行，代表团不仅参观了广东省顺德、佛山以及他们的出生地——梅县，也去了首都北京。在那里，周恩来总理以个人名义在人民大会堂亲切地接见了他们；与此同时，他们也有幸遇到了一位叫溥仪的与会代表，他是中国的末代皇帝。在这次具有纪念意义的会面中，周恩来总理将一个摆设在贵宾休息室的精致的花瓶赠送给代表团，以庆祝此次活动的圆满成功。我父亲把这个花瓶小心翼翼地带回留尼汪，从此以后便视为珍宝收藏起来。

……

1976年5月，我的父亲把我带回了中国，他想要不惜任何代价地把我介绍给他的大家庭，他想要他的家人知道，他的孩子都很有出息，其中一个还做了医生，这是所有移民最大的梦想。那是我第一次回到故乡，我发现虽然历经十年“文化大革命”后，人们生活清贫，但是仍然保持着他们的尊严，并对政府寄予厚望，相信政府能挽救处于崩溃边缘的经济。尽管存在时间和空间上的距离，但是家庭关系仍然是根深蒂固的，祖先的记忆是我们的基石。家庭意味着一切。在中国，这绝不是一句空话。

1997年香港回归中国，我很荣幸受到中国政府的邀请，参加了香港回归仪式。回归的氛围就像之前预见的一样热烈和隆重。随着英国国旗的降下，中国的五星红旗逐渐升起，这个感人的时刻永远刻在了所有人的脑海里。就像中国的一句古话所说的:“百闻不如一见。”

……

几个月以前，四川大地震强烈地震撼着我们。大地震带来的巨大苦难直击我们的心灵。对于中国在1991年和1998年发生的洪水灾难，留尼汪全岛人民不论华侨与否，都为此尽了自己的一份微薄之力。尽管在全球金融危机的席卷下，留尼汪经济受到重创，但是留尼汪政府仍然筹集了十二万欧元的赈灾款项，通过张国斌总领事捐赠给了中国政府。

2009年，中华人民共和国成立六十周年之际，在天安门广场举行了隆重的阅兵仪式。我们被身穿红色军服的女兵方阵深深震撼了，这个方阵唤起了我们许多人心中对祖国的思念之情。如果我年轻二十岁，我一定会毫不犹豫地参加中国解放军。

并且由于张国斌总领事的到来，我们有幸第一次以官方的隆重庆祝方式欢度中国的国庆节。我们仍然能够记起当时在中国国歌《义勇军进行曲》响起的时候，中国国旗徐徐上升的情景。

……

谈及未来的计划，我们希望在总领事馆的协助下，在文化、经济及贸易方面和中国建立互惠互利的合作关系……

为了让我们作出的努力更加长久有效，我们同样希望中国政府能加强和我们的合作，共同使中华民族龙的文化传承下去。

霍明祥2010年在中国留尼汪领事馆开馆仪式上的答谢辞

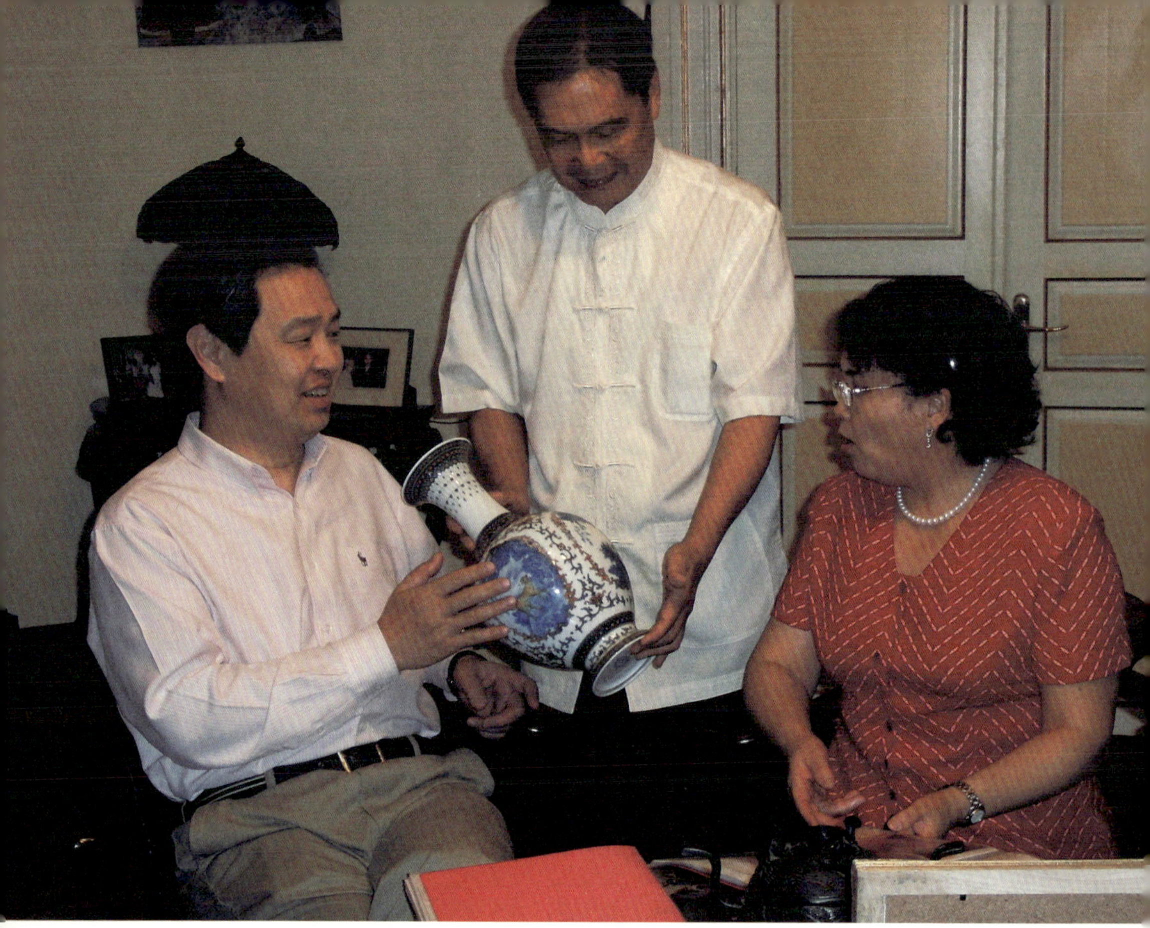

龍

红烧乳鸽 11€
油泡双鱿 11€
XO酱炒三鲜

霍氏文楼
二〇一二年九月

霍氏文楼
二〇一二年九月

Du 23 au 29 decembre 2012

Exposition de l'artiste « LUO QI »

Jean-Luc MARX, préfet de La Réunion,
Michel FONTAINE, sénateur maire de la ville de Saint Pierre,
Didier ROBERT, président du conseil régional de La Réunion,
Jean-François SITA, président du FRAC Réunion
ont le plaisir de vous convier à l'exposition de « LUO QI »
à la capitainerie du port de Saint Pierre du 23 au 29 décembre 201

frac FONDS RÉGIONAL D'ART CONTEMPORAIN RÉUNION

Liberté • Égalité • Fraternité RÉPUBLIQUE FRANÇAISE

Ministère Culture Communication

REGION REUNION www.regionreunion.com

留尼汪 孔子学院 INSTITUT CONFUCIUS DE LA REUNION

SAINT JOSEP

洛齐“福”艺术展

1月1日元旦下午，洛齐“福”展览在圣但尼市中法文化慈善协会开幕。

展览由留尼汪大省艺术基金会、法国留尼汪大省文化部、留尼汪大省旅游宣传部、留尼汪大学孔子学院、法国艺术家联盟等主办，中法文化慈善协会承办。我们邀请了法国留尼汪中华总商会名誉主席霍明祥先生，中法文化慈善协会会长，文化、金融、工商各界的华侨华裔参加了开幕活动。霍先生代表华裔和总商会发言，对我的展览作品给予了不同角度的评述和赞扬，谈论自己的理解和认识，向来宾介绍了我的艺术历程和所获得的荣誉，并以商会和个人的名义，收藏了大部分作品。让我意外的是，绝大部分作品都被来宾抢购，只留下了我不愿意出售的部分。因为这些作品是11月我在米兰展览结束后带来的。作品受到了人们的喜爱，嘉宾们希望我明年再来，能够展览更多更大的油画作品。

开幕式上，我为中法文化慈善协会、中法华文学校、霍氏文楼等题字。

展览的开幕，也意味着我的留尼汪艺术之行即将结束。

人文·文化

2013.2.7 星期四 钱江晚报 C3

责任编辑：薛莹/版面设计：马骥 电话：85310414 ■■报料：800005086

中国风吹向世界，洛齐"福"字全球巡展日前结束

这些福：不规矩，有意思

本报记者 林梢青 实习生 付玉婷

认得出来吗？这些色彩时尚而浓烈的画里，都藏着一个"福"。

这是中国美术学院艺术家洛齐的最新创作，就在新年之前，他带着中国福，从马来西亚、意大利到远至南印度洋法属留尼汪岛，让这份中国LUCKY（运气），跨越半个地球。

新年送"福"，是中国永远的传统祝福方式。当这样纯正的中国味道行走世界江湖，需要一些奇思妙想。

在洛齐天马行空的创作灵感之下，很年味很中国的"福"，超越了一板一眼的汉字领域，以摩登时尚的国际范儿，惊艳了各地观众。

从去年年底开始到眼下，洛齐"福"字全球巡展历时数月。

20张油画、20件水墨，有画布上纯正浓烈的红绿碰撞，也有绢扇上浅吟低唱的古意花样。

原本规规矩矩的"福"字，以不同的色彩与姿态，幻化出各种充满趣味的视觉效果——可以是装满了五彩石的花瓶，如同装载满满的运气，运到福来；也可以是暗藏心意的一家人，是对幸福美满的诠

文字的书写性。

在现场，洛齐创作巨幅"福"字，让观众感受到汉字演变为色彩的、线条的绘画创作过程。

"很多老外不懂中文，他们可以理解这份中国祝福吗？"记者问。

"这不难，只要告诉他们，这是中国LUCKY，他们马上就懂了。"洛齐说。

在观众们看来，来自中国的"运气"，不仅有超越国界的艺术之美，也有五千年

2013年2月7日，浙江《钱江晚报》刊载了专版文章，报道了我此次展览的背景，摘选部分如下：

认得出来吗？在时尚而浓烈的画里，都藏着一个“福”。

这是中国美术学院艺术家洛齐的最新创作，就在新年之前，他带着中国福，从马来西亚、意大利到远至南印度洋法属留尼汪岛，让这份中国LUCKY（运气），跨越半个地球。

新年送“福”，是中国永远的传统祝福方式。当这样纯正的中国味道行走世界江湖，需要一些奇思妙想。

在洛齐天马行空的创作灵感之下，很年味很中国的“福”，超越了一板一眼的汉字领域，以摩登时尚的国际范儿，惊艳了各地观众。

从去年年底开始到眼下，洛齐“福”字全球巡展历时数月。

原本规规矩矩的“福”字，以不同的色彩与姿态，幻

化出各种充满趣味的视觉效果——可以是装满了五彩石的花瓶，如同装载满满的运气，运到福来；也可以是暗藏心意的一家人，是对幸福美满的诠释。

每一件作品，都暗藏心机。

从中国香港知名的Alice King画廊、马来西亚理工大学艺术学院的阿迪瓦那美术馆、意大利米兰的35街画廊，一直到南印度洋法属留尼汪岛，众多知名人士都专程奔中国“福”而来。

这不是洛齐第一次把中国LUCKY带出国了。2011年，他就在毛里求斯第一城市居尔皮普的奥迪美术馆，带去了一个以“福”为主题的展览。

作为活跃于世界各地的中国画家、书法家和摄影家，洛齐的绘画作品里充满了文字的书写性。

洛齐惯用“混搭风”，他被认为其艺术特色是“能够将中国古老的文化与当代艺术巧妙交融，以此创造了独特的绘画语言和风格”。

洛齐为中法文化慈善协会题字

1月2日

去超市购物，大家都在为即将到来的台风囤积临时食品和饮用水。天气预报说明天台风将至。女儿抱着储备粮回酒店，我和罗郎一起去拍摄印度人的年度祭祀活动。

印度庙旁边的空地上，已经有人在布置现场，我们寻找最佳守候观看的位子，慢慢聚集的印度人越来越多。

祭祀活动持续了很长时间，最精彩的部分是走火仪式。几个不同装扮的人手舞足蹈，叫喊着，光脚从燃烧的火坑中漫步而过。周边的人介绍说这是古老泰米尔信仰活动，这种拜神方式最早记载于公元6世纪的文献中。它源自印度的泰米尔地区，该地区为传统印度教中心。印度教，世界重要的宗教之一，拥有10.5亿的信徒，信徒数量仅次于基督教及伊斯兰教。罗郎说他还看到过祭祀现场，祭司把竹签从脸部的左侧向右侧横穿，宗教的力量无比强大。

岛上百分之九十以上的人信奉天主教，其他是伊斯兰教和印度教。华裔信奉佛教和道教。移民们不会忘记最初的宗教信仰，而一些非洲奴隶的后代依旧进行着“马达加斯加服务”——一种向祖先表达敬意的仪式。

印度教建筑

印度教祭祀活动

印度教建筑塑像

世昌堂

梅縣公司
縣境長安
梅民永泰
Le Palais des thés
Réunion

大義貫喜天
忠昭赤日
金玉滿堂

1月3日

昨天晚上，酒店送来一张通知，内容大致如下：

1. 请客人晚上储备生活用水，明天如果有水，也只能洗漱；

2. 千万不能饮用自来水；

3. 如果停水而客人急需用水，请通知酒店；

4. 可能会停电，酒店有发电机，但是空调不能启动，只够一点照明和使用电脑；

5. 明天如果风雨大，请客人帮助把露台上的桌椅搬到房间；

6. 酒店的餐饮区已经关闭，明天中午酒店会送中晚饭给住户；

7. 明天不要离开房间，更不可以离开酒店；

8. 酒店明天会按户巡视。

昨晚已经锁好门窗，拉上窗帘，房间里一片漆黑，不知道外面的世界到底要发生什么，凭感觉，风不大。一阵雷声后，我起床，女儿还在呼呼熟睡，她不关心世界的变化。

门外的椰子树、凤凰树在起伏弯腰，弧度虽有点大，但还没有构成心理压力。酒店告诫，岛上的天气说变就变，千万不能低估，变化的速度以分钟计算。

报纸首页刊登了台风的卫星照片和走势分析图，标题警

…anian tombe sur les voitures

…précié des habitués du front de mer, le banian situé sur le parking proche du Café de la Gare est tombé hier, déraciné.
Deux personnes ont été légèrement blessées. Côté matériel, sept voitures ont été endommagées.

Saint-Pierre et la sécheresse. Une troisième piste a également été avancée : le béton entourant les racines du banian ont pu le priver de stabilité.

Hier après-midi, une quinzaine d'agents des espaces verts ont été missionnés pour nettoyer la zone. L'un d'eux vérifiant la stabilité de l'arbre touché dans la chute du banian a d'ailleurs constaté qu'il menaçait lui aussi de tomber.

Un examen des banians de la ville à venir

Privé de la protection de son …é, il risquait d'être déraciné au …indre coup de vent. Il a été …pé.

…s agents des espaces verts …découpé à la tronçonneuse le …n déraciné, morceau par …eau. Une entreprise spécia… dans le recyclage des dé…verts est arrivée vers 17h30 … évacuer les morceaux …s.

…de leur permettre d'opé…oute tranquillité, la circu… été coupée un moment

Le bilan humain est léger : Deux personnes ont été légèrement blessées. Côté matériel, deux voitures ont été totalement broyées par le banian déraciné. Cinq autres ont été endommagées.

示——这可能是五年来最大的台风，有点吓人。网上记载，世界上最大的暴雨今年 6 月出现在南印度洋上的留尼汪岛，24 小时的降水量为 1870 毫米，由热带气旋引起。不懂得日降水量 1870 毫升是什么概念，1870 如果代表着年代，那么可以查询到的是：

清朝同治九年，庚午年；

天津教案事件，民众打死法国传教士丰大业；

普法战争爆发，拿破仑三世投降；

“诺曼底”号沉没，船长哈尔威光荣殉职；

法国作家狄更斯、大仲马逝世；

人类最后一只阿特拉斯棕熊被射杀。

看来 1870 年很不太平，发生了那么多惨案。希望我们不要

台风过后

成为2013年的1870事件。数字是神秘的符号、祸福的代码，所以中国人特别忌讳444，强调666、888，一生二，二生三，三生万物，六六大顺、七上八下、八面来风、龙生九子、十面埋伏。

报道说台风从西北过来，主要影响的是北部和东南地区，西部最安全，但我们住的木头房并不牢固。如果真的遇到五年最强台风，会不会房子连人一起被吹到南极？或者马达加斯加？或者好望角？或者……如果能刮到澳大利亚也不错。

女儿起床后淡定地做她的作业，我不淡定地做我的分析，如果被刮到印度洋里怎么办？如果台风在岛上登陆，我们这一点点粮食根本不够维持生命，方便面早已被女儿消灭。

Bebida
NOUVEAU !
PICARO
LA BIÈRE SAUVAGE !
BAR À FROMAGES
LA BODEGA
La Bodega
LA BODEGA
LA CARTE de RESTAURANT
LA BODEGA
Eva
LUISA

1 月 4 日

上午风停雨止，还出了太阳，屋前有很多被风雨打下的树枝。西部路上，好像什么都没有发生，街上和往日一样。幸好雷声大雨点小。

去见了一位版画家，院子一半是工地，在建画室。他说这里的画家大多是自己建房，从土建到盖顶，每一块石头都是亲自垒起来的。

圣路易老城里，房子红红绿绿，各种颜色都有。一家 RAX 的电影院室内墙上被刷成了红、蓝、草绿交叉的色块，与挂着的影片海报内容非常吻合，具有一种迷幻效果。我没有去过巴西，但觉得圣路易有南美的味道，只不过规模小了一点。街上的房子样式大同小异，八字四面屋顶，二楼细的铁栏杆围出一个阳台，两层之间一条花边，是典型的殖民时期建筑风格。对了，巴西曾经是葡萄牙殖民地，葡萄牙航海家发现波旁岛也是从圣路易上的岸。

有一家中国杂货店，进屋，店主已经高度混血，估计根本不会说中文，看见我们像没有看见一样，在对付顾客。唯一能证明它是中国的，是里屋门框上方的牌匾，红底黄字“成昌泗”。

字体有柳公权的样子，但写得歪歪扭扭。店里的模样如同 20 世纪 70 年代的中国农村供销社，这说明这里可能是最早移民的遗产。沿路还看见一家很小的旗袍店，店内没有灯光，堆着面料和模特架子，看样子不像中国店，可能是越南人开的。

下环岛高速公路，夕阳已经落到屋檐下。我们来到了中部山区杰恩·理查德的画室，那是一间简易平房，估计是他自己造的。他的自画像在岛上很多车站见过，每个作品的角落都用不同颜色写了 WAX，辨识性很强。他是我访问交流的最后一位艺术家，也是最年轻、最会运用符号的黑人画家。

岛上每一位画家的作品都有明显的风格特征，他们没有接受过专业训练，所描绘的内容或多或少与他们的生活背景相关联。作品主题与风格没有相似性，但是生动、丰富、鲜活的感染力却是共同的特征。他们的作品既有法国艺术的格调，又有强烈的非洲特征、东方的人文叙事，既传统又现代，我喜欢。

岛上早期绘画作品

在杰恩·理查德画室

WAX
WAX
WAX

WAX
WAX

PRESSIN
COUTURE
LAVERIE
NETTOYAGE
CUIR ET TAPIS
LESSIVE
BIODEGRADABLE
Horaires
Du lundi au Vendred
7h30 - 18h00
Samedi
7h30 - 17h00

PHARMACIE du SUD
NON STOP 8h/19h
Nicole Boutique
Pret à Porter
P
GRATUIT
SOUS LE PORCHE
1ère ENTREE A DROITE
RESERVE
orthopédie maintien à domicile
pharmaci
Ophycée

LE TOIT

REX

AUX

POUR L'ÉTERNITÉ.
twilight
chapitre 5
révélation
21.11.12

WILL SMITH
TOMMY LEE JONES
JOSH BROLIN
ÇA VA ÊTRE CANON !
LE 6 JUIN
RETOUR VERS
LE PASSÉ...
POUR SAUVER
LE FUTUR.
MIB³
MEN IN BLACK 3
EN 3D
mars
Ice Cream

1月5日

去年9月，我在香港国际学校做了一个“姓氏＋符号＋脸谱”的实验课程，没有来得及做更多的“成语脸谱”。

明天我就要离开留尼汪岛，今天是最后的时间。我约了几个孩子在米卡的母亲家，也约了查理的朋友在圣皮埃尔，用毛笔和墨分别在他们的脸上书写了“眼高手低”“眉开眼笑”“横眉竖眼”“眼高眉低”“大跌眼镜”等，作为南印度洋留尼汪岛的“书法主义”行为作品，仅作记事。

晚上请查理和米卡在圣勒吃最后的晚餐，查理说罗郎因为太太身体的原因向我请假，我让查理转告，希望在不久的将来，他们能与宝宝小罗郎来杭州与我相聚。

晚霞从凤凰树后面慢慢消失，好像一部电影已经到了结尾。二十四个日日夜夜，我走遍了岛上的东西南北，希望有一天我的波旁岛日记能编辑成书出版，让波旁岛的晨曦和晚霞永久停留在书页上，流传在人们的视野中。

波旁岛，今天印度洋上最璀璨的明珠。

再见了，我的朋友们。

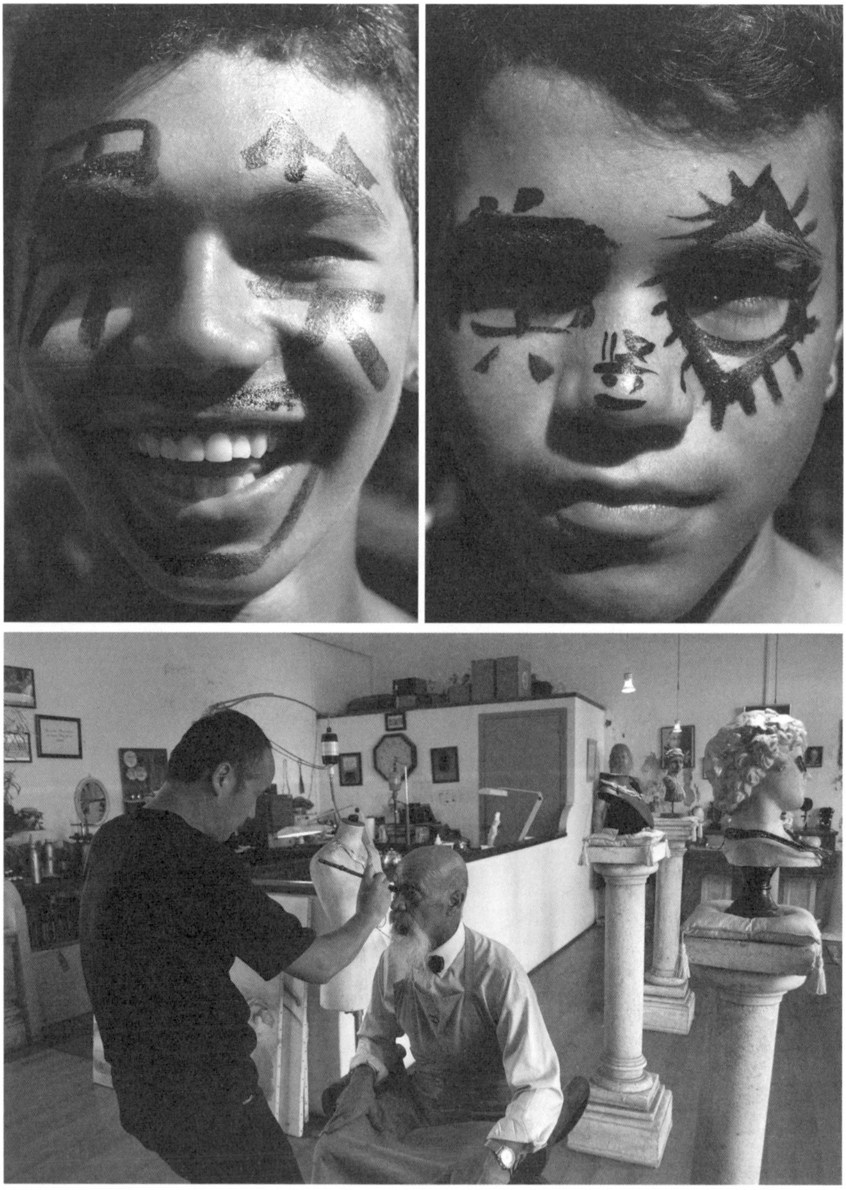

洛齐成语脸谱作品

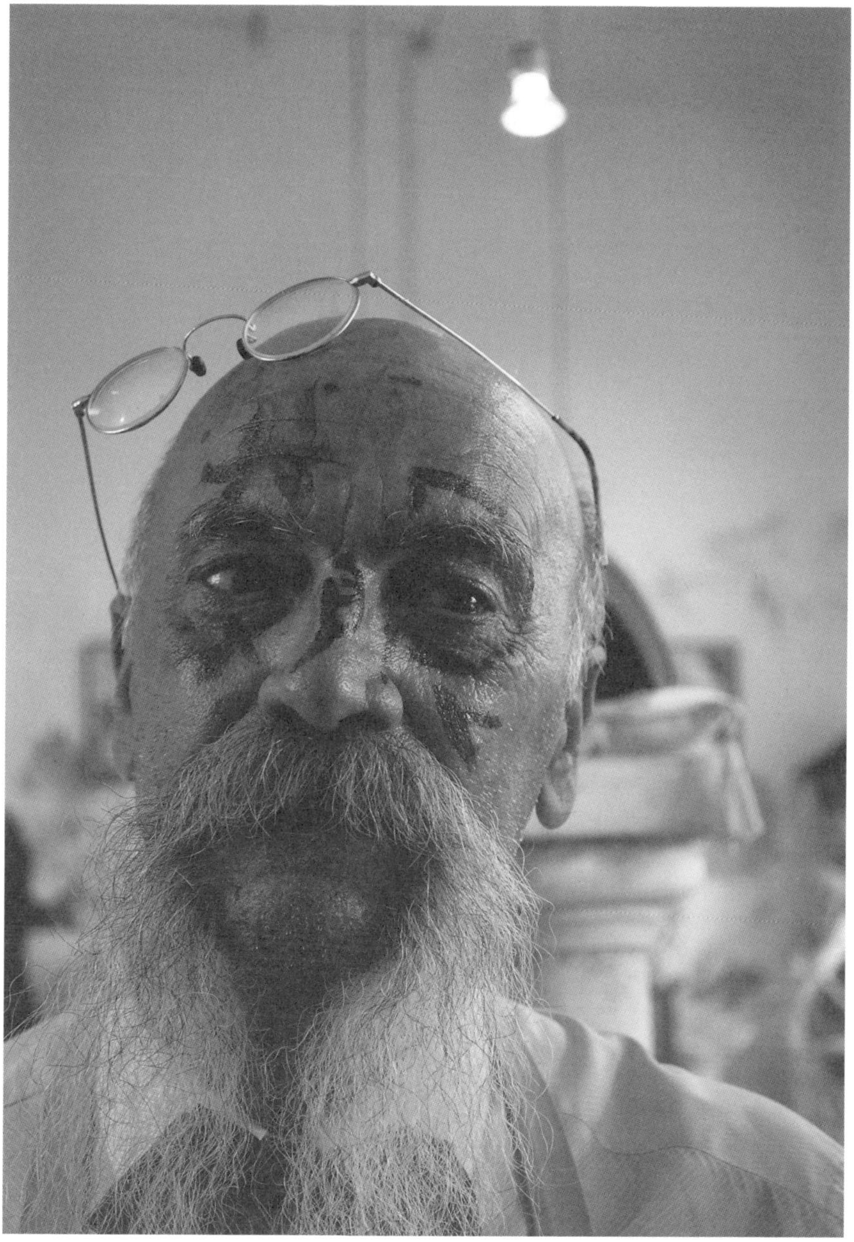

洛齐成语脸谱作品

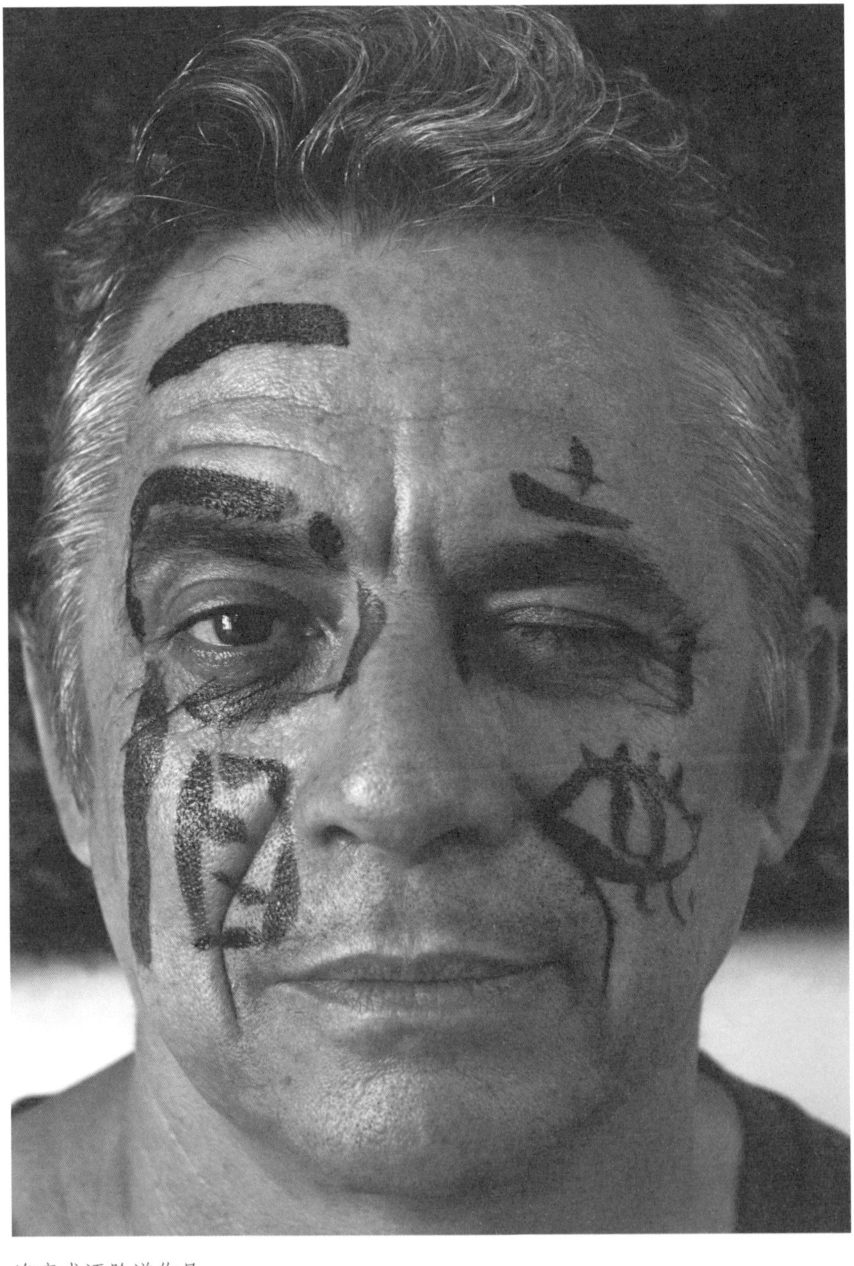

洛齐成语脸谱作品

STYL SHOP
SOPRE
STYL SHOP
est provisoirement
TRANSFÉRÉ
au 59 Rue Victor Le Vigoureux
(face boulangerie Manciet)

23

TCSP
STOP

1月6日

中午离开酒店，我在圣但尼曾先生家吃午餐，之后去霍先生家告别。霍先生说希望我明年能再来，并且一定要住在他的家里。

查理和米卡送我们到机场，办理登机牌的美女说我不能返回巴黎。来时在巴黎机场我遇到相同的问题，工作人员告诉我不能前往该岛，她打电话汇报上司后，给了我登机牌。女儿有德国学生居留证，没有问题。（留尼汪作为法国外省，相当于我们的香港，往来时需要签署另外一个通行证明，这是后来才知道的。）

因为台风，昨天的航班滞留到今天，机场内人满为患，三个登机口都排着长队，也不知道哪个窗口通向去巴黎的航班。广播一直在播报“延误”“延误”“延误”。霍先生说他女儿昨天回巴黎的航班，被延误到了明天，我们开始担心今天走不了。三个登机口其实都是飞巴黎的，只是起飞的时间不同。我们要求登上最早起飞的航班，因为我们有两次转机，他们同意给十点四十分的那趟，可是到了十点四十分还是没有动静。

候机室里只有一家店卖吃的，太多人在等候，秩序井然，孩子在地上打滚玩。想起前天去圣皮埃尔，台风毁坏了一条公路。我们在路上堵了两个小时，但是路上没有人超车、按喇叭，遇到并道口，也没有抢道的车，先走的会向让道的车挥手致谢。查理说他在中国最怕的就是坐车，我想是真的。

广播开始播报了，旅客有一阵小小的骚动，估计要开闸门，开始检票。看着待机的旅人，各路人马，各种肤色，我已经习惯，不像刚来时那样好奇。

赶紧关上电脑。

在心中挥挥手，说声告别！

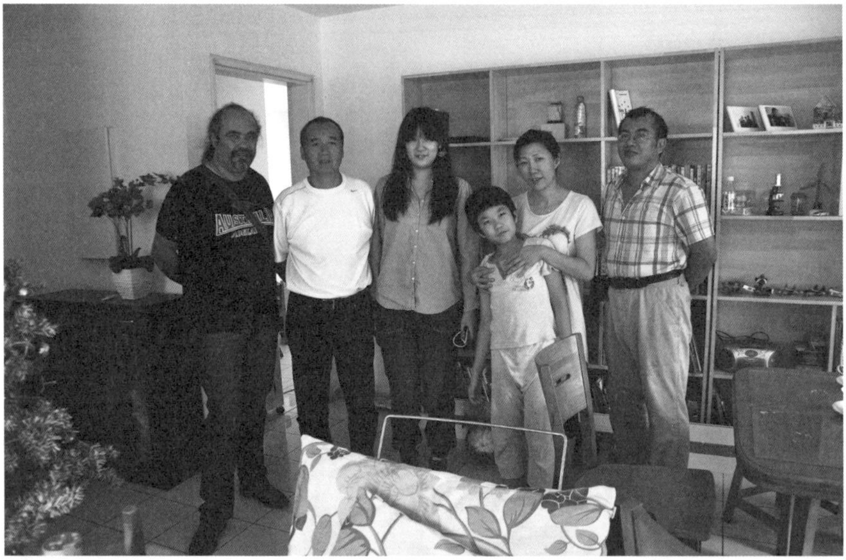

上：在曾先生夫妇家　　下：留尼汪罗兰·加洛斯机场

在艺术家查理的画室

行为摄影（一）　洛齐　2012

关于“日记”行为摄影

我于1998年提出“行为摄影”的概念，在1999年意大利亚太国际当代艺术双年展上主持了首届中国行为摄影主题展。之后主编《中国行为摄影》文献，该书由中国美术学院出版社出版。在《先锋艺术》和《中国摄影》上刊载有关“行为摄影”的文章，20世纪与北京先锋摄影家联合出版《新摄影》文献。创作《日记》系列行为摄影作品至今，代表作品载入了《90年代以来中国先锋摄影》一书。

每到一个国家，我会将中国的老照片放置到城市的某处空间，进行二次拍摄，构成不同历史、地域与影像的链接。我将文化的差异与影像错位并置，将现实影像的历史与形象转译，将现实演化为另一种图像描述。我把文字的“日记”与图像的“日记”同构，构成“行为”观念。此处选载的十一件《波旁岛日记》行为摄影作品，完成于驻地生活期间。

行为摄影（二） 洛齐 2012

Auberge du Relais
VIRGIN

行为摄影（三） 洛齐 2012

行为摄影（四、五）　洛齐　2012

行为摄影（六）　洛齐　2012

行为摄影（七、八）　洛齐　2012

行为摄影（九）　洛齐　2012

行为摄影（十）　洛齐　2012

后记

“洛齐日记”，始于 1999 年。

很多记忆会随时间而消失，或因记忆的痕迹不够深刻而淡忘。或许是平时的生活杂乱，所以我只有到了“外面”时才能比较清静地写点日记，记录精彩或平淡的生活。人生最深刻最重要的记忆是生老病故，悲欢离合，事业有成，发财高升，健康长寿，最前是自然规律，中者是眼下生活，最后是未来期许。

2007 年到 2009 年，连续三年，我到了美国克利夫兰，女儿每天去参加暑期活动。为了不虚度光阴，我用“摄影”行为，用“笔记”画画，“日记”每天的生活。周边的朋友鼓励我把“日记”发表出来，做成书。一晃又十年，现在我终于有机会开始整理我的记忆。

去年春季从里斯本回来，与老友陶文杰先生相聚，我向他讲述了出版《洛齐日记》的想法。陶文杰先生是杰出的画家，也是艺术领域难得的通才，是一位能把握各个艺术领域奥妙的优秀艺术家。我喜欢他立足中国语境，又融入西方形式语感的作品。他是一名艺术家，又是一位出版家，我对他的钦佩时来已久。《洛齐日记》的出版，不是我们之间“情谊”的关联，而是他认为画家的“日记”

行为摄影（十一）　洛齐　2012

是一种独特的视角。我身居东西方两地，又热衷于研究书籍设计，2016 年我与父亲合作的《水墨戏剧》荣膺年度“中国最美的书”设计奖和“中国好书”奖。今年 3 月，《水墨戏剧》在德国莱比锡展览。我从埃及到柏林停留，到莱比锡参观国际书展，考察世界各国“最美的书”的奥秘，得到了很多启迪。我把新的思考和设计运用到了这本书中。再次感谢陶文杰先生的信任和支持，《洛齐日记》终于以独特的设计形式出版，与读者见面，让远在南印度洋的朋友分享我们共同的成果。在此感谢画家及歌手查理（Charly Lesquelin）、我们的华裔领袖霍明祥先生、摄影家罗郎（Laurent Flgon）夫妇、雕塑家米卡（Mickael Boyer）和岛上所有的艺术家及朋友，感谢他们曾经给予的友情和帮助。

最后，我依然要把此书献给我敬爱的母亲和父亲，虽然他们都已经离开了我，但是，在日记里，他们的身影永远和我在一起。

2017 年 6 月 5 日，大雨滂沱。

洛齐于杭州富春山居

责任编辑　王思嘉
责任校对　高余朵
责任印制　朱圣学

版式设计　张艺馨

图书在版编目（C I P）数据

洛齐日记：波旁岛 / 洛齐著. -- 杭州：浙江摄影出版社, 2018.1
ISBN 978-7-5514-1910-9

Ⅰ. ①洛… Ⅱ. ①洛… Ⅲ. ①日记－作品集－中国－当代 Ⅳ. ①I267.5

中国版本图书馆CIP数据核字(2017)第203853号

洛齐日记：波旁岛

洛齐 著

全国百佳图书出版单位
浙江摄影出版社出版发行
地址：杭州市体育场路347号
邮编：310006
网址：www.photo.zjcb.com
制版：浙江新华图文制作有限公司
印刷：杭州星晨印务有限公司
开本：710mm×1000mm　1/16
印张：19
2018年1月第1版　　2018年1月第1次印刷
ISBN 978-7-5514-1910-9
定价：180.00元